U0530292

KEY·可以文化

莫言 | 主要作品

红高粱家族
天堂蒜薹之歌
十三步
酒国
食草家族
丰乳肥臀
红树林
檀香刑
四十一炮
生死疲劳
蛙

○●○

白狗秋千架（小说集）
爱情故事（小说集）
与大师约会（小说集）
欢乐（小说集）
怀抱鲜花的女人（小说集）
战友重逢（小说集）
师傅越来越幽默（小说集）

○●○

姑奶奶披红绸（剧作集）
我们的荆轲（剧作集）

Winner of
the Nobel Prize
in Literature

爆 炸

爆炸

莫言中篇小说精品系列

浙江文艺出版社
Zhejiang Literature & Art Publishing House

目录

爆炸 / 001

欢乐 / 067

雨中的河 / 199

爆　　炸

一

父亲的手缓慢地举起来，在肩膀上方停留了三秒钟，然后用力一挥，响亮地打在我的左腮上。父亲的手上满是棱角，沾满着成熟小麦的焦香和麦秸的苦涩。六十年劳动赋予父亲的手以沉重的力量和崇高的尊严，它落到我脸上，发出重浊的声音，犹如气球爆炸。几颗亮晶晶的光点在高大的灰蓝色天空上流星般飞驰盘旋，把一条条明亮洁白的线画在天上，纵横交错，好似图画，久久不散。飞行训练，飞机进入拉烟层。父亲的手让我看到飞机拉烟后就从我脸上反弹开，我的脸没回位就听到空中发出一声爆响。这声响初如圆球，紧接着便拉长变宽变淡，像一颗大彗星。我认为我确凿地看到了那声音,它飞越房屋和街道,跨过平川与河流,碰撞矮树高草,最后消融进初夏的乳汁般的透明大气里。我站在我们家浑圆的打麦场与大气之间,我站在我们家打麦场的边缘也站在大气的边缘上,看着爆炸声消逝又看着金色的太阳与乌黑的树木车轮般旋转;极目处钢青色的地平线被阳光切割成两条平行曲折明暗相谐的汹涌的河流,对着我流来,又离我流去。乌亮如炭的雨燕在河边电一般出现又电一般消逝。我感到一股猝发的狂欢般的痛苦感情在胸中郁积,好像是我用力叫了一声。

父亲伛偻着腰,高大地站在我的面前,那只打过我的手像一只兴奋的小兽一样哆嗦着。父亲穿一条齐膝盖的黑色长短裤,赤脚,光背,头戴一顶破了边的卷曲如枯叶的草帽站在我面前,我的父亲,我的威严的父亲用可怜的目光看着我。白炽的阳光里挟带着一股恶毒的辣味,晒着父亲嶙岸的肩膀和两只崎岖的大脚。父亲像麦场上生出来的一棵无叶树,不给我丝毫荫凉,他使我灼热难挨。我说:爹,你听我说……父亲柔顺地说:你别说了,我的儿,你想错了!爹已经七十岁了。我说:不,我要说,爹,你不懂,你什么都不懂!(爹前进一步,我后退一步。)爹说:我什么不懂?我说:你打我是犯法的!父亲开颜一笑,趔趔趄趄地抢上来,左手一挥，像往锅边上贴饼子一样打响了我的右腮。我犯法了，杂种，把你爹送到局子里去吧。爹全脸膨炸着说。我并无悲哀，泪水流出了眼眶。我的双耳共鸣着，模模糊糊地看到父亲的手臂在空中挥动时留下的轨迹像两块灼热的马蹄铁一样，凝固地悬在我与父亲之间的墙壁上。

其实没有墙。阳光射到父亲身上，反射出一圈褐色的短促光线，父亲像一件古老的法器灿烂辉煌。他脸上有一千条皱纹，每条皱纹里都夹着汗水与泥土，如纵横的河流，滋润着古老的大地。家乡的土地是黄褐色，深厚的土层下边是古老的沧海，它淤积了多少万年，我爷爷的爷爷也许知道。父亲用古老的犁铧耕耘着黄土地，在地上同时在脸上留下了深刻悲壮的痕迹。父亲用脸来证明着我的该打。爹！我又叫了一声爹，你不能这样粗暴地对待我。我也是大人啦！爹说：比你爹还大吗？你要是敢给我毁了他，我就打死你。我说：你以为我不想生个儿子吗？可我已经生了一个女儿，已经领了独生子女证。我是国家的干部，能不带头响应国家的号召吗？父亲的嘴角沉重地垂下去，两道混浊的泪水冲刷着落满灰土的面颊。我们偷着生，不去报户口，不行吗？父亲说。我说：这是生孩子，不是养个小狗小猫。再说，我们的领导已经知道了。父亲说：你们领导是怎么知道了？我说——我没说这句话前心里充满了怒火，我没说这句话前心里先说：你们把我害苦了，当然，我也把你们害苦了。

大约二十年前，我刚刚上小学，留着齐额短发。有一天，母亲对我说：过来，把裤裆给你缝死吧。我说：不，撒尿不方便。母亲说：你是有媳妇的人了，还穿开裆裤，不怕人家笑话？我说：什么媳妇？母亲说：你爹给你从北庄订了一个媳妇。我说：什么媳妇呀？母亲说：给你做饭，缝衣裳，生小娃娃的媳妇。我说：我不要。母亲把我的裤子扒下来，用一根长长的粗线把我的裤裆缝起来了。

后来，我一年年大起来，骨骼肌肉长破了一件件衣服，乌黑的胡须盖过了柔弱的茸毛，我终于懂了"媳妇"的重大使用价值。我见到了她，隔着很远。那天，我们村请了一台戏，戏台子扎在干枯的河里，四乡八疃都来看。她扛着一条被几辈人的屁股磨得乌黑发亮的板凳，跟在一群小女孩后边。有人对我说：那个高个子是你媳妇。我慌忙跳开眼，见戏台上挂着一块天蓝色的大布，几十领淡黄色的苇席托着天，锣鼓家什打成一片响，台下的孩子喊爹叫娘。锣鼓家什响一阵，停了，琴师嘎嘎吱吱的调弦声响,鲜明地盖了河道。我终究忍不住,一斜眼,就盯住了她。她身躯高大,因为是夏天,熟透了的胸脯把一件被汗水浸白了的对襟式红褂子撑得开裂。她生一张通红的大脸,头发乌黑。她把那条看着就知道沉重的凳子放下,一屁股坐下去,头刚抬起来,胸还未挺直,人就突然弯曲歪斜着矮下去了。她站起来,脸侧对着我,有三十米远,眉眼看得清楚,腮帮有些凸,小皮球般饱胀。她从河沙里把凳子拔出来,用脚把沙土踢到凳子腿钉出的眼里,四个眼全填满,又跳动着踩,她全身的肉跳,好一阵,又放好凳子,坐下。我看到那四条凳子腿在人腿缝里又陷下去了,嗞嗞如泥鳅钻洞,陷了一会,停住了,她身后又接上了一片人,我牢牢地盯住她从人缝里露给我的半边身子,心里一阵阵潮起潮落。胡琴钻出锣鼓。锣鼓淹没胡琴。浪潮吞没沙滩,浪潮吐出沙滩,娘——你在哪儿?一个左手握玉米面饼子右手提白根绿叶羊角葱的女孩子站在戏台上大声喊。村里那个人又戳我一下说:你媳妇那腚盘真够宽广的,你要惹她生了气,她一下就把你蹾扁了。我说:去你娘的。戏台上出来一个李铁梅,红鞋,红裤,红袄,红腮,两眉之间点一个拇指大的红胭脂,长辫子上扎着红绳,手里提着红灯。村里那个人说:又是《红灯记》!我没搭腔,眼睛总往人缝里溜,看一眼,心一热,又一凉,凉了又热了,我不知是幸福还是痛苦。这年秋天我当了兵。假如我不去当兵,假如我当了兵没提干,假如提了干没上大学,假如上了大学没住医院,假如住了医院没碰上那位单眼皮大眼睛的女护士,就不会有一连串的烦恼发生,也不会有今天。父亲沉重的巴掌打得我灵魂出窍,我的脸上热辣辣的。一摸,摸到一根根胡萝卜般的凸起。

我的脑袋变成了空桶,蜜蜂的哼叫声掺和着远天的引爆声在空桶里碰撞回折,翻腾盘旋。你就别管了,反正我知道了。我没说这句话之前心里就充满了怒火。爹说:你告诉我,是哪个狗娘养的告诉你的,我去跟他拼命。我说:是公社计划生育委员会给我的信,我向领导汇报了,才赶快回来。父亲懊丧地吼了一声,他的手抖抖索索地举起来,把胸膛上的一个牛虻打飞,又拂去十几颗麦糠。那么,那么,孩子,你就忍心把咱这一门绝了?父亲悲哀地看着我说。我不是有一个女儿吗?我说,怎么能算绝了呢?爹说,女儿不是儿,女人不算人。我说:印度总理、英国首相、丹麦女王、田副县长,不都是女人吗?你见了田副县长连头都不敢抬!爹说:这不是一码事。我求求你啦,放了他的生吧!蹲监坐牢爹替你去。我说：不行！爹，不行！

我的情绪恶劣，我对父亲巴掌的畏惧消失了。我就要三十岁了，父亲打我前的激动和打我后的颤抖使我意识到我已把大部分身体挤进了中年人行列，决定与我有关的事情的权力在我手里而不应该在父亲手里，父亲打我，应该解释成他交出权力之前的无可奈何的挣扎。我的心冰冷坚硬，不管怎么说，也不能让我投降。妻子瞒着我怀上的胎儿的留与流，甚至已不重要，重要的是我要自作主张。

父亲转过身，向着打麦场边的矮墙走去，矮墙外，那棵被烈日灼伤了的小椿树垂着所有的叶子，把一块暗淡的影子掉进矮墙里，造成一点点荫凉的感觉。父亲立在椿树斑驳的影子里，褐色的肉体上漏出一些不规则的白得发绿的光斑，非常炫目，非常美丽。他摘下那顶似乎一口气就能吹破的草帽，提在手里，并不用它扇风。场上的麦秸在烈日下暴躁地响着，到处都在反射光线，所有的颜色都失去颜色，我的眼前一片白后是一片黑。一阵风吹过来，椿树叶不得不动几下，立刻又垂下头，黏滞在混浊的空气里，像一簇簇硫黄火苗。父亲面对着我站着，站得那么遥远寒冷，他的脸一团黑，疲乏地垂着两条长臂，长臂好像经不起大手的重量才被坠得这般长，血液好像流进了大手才使大手这样大。父亲的手上凝集着令世界悲痛而起敬的表情，这表情唤起我酸涩的感情，我的舌头在嘴里熟了。父亲的手一只在髋骨间垂着，一只捏着草帽垂在髋骨间。那草帽令我吃惊害怕，我吃惊它怎么还能作为草帽存在着，我害怕父亲不小心捏碎了它。它一旦破碎，就会变成焦煳的粉末辛辣的粉末，飞散进黏滞的空气里，使重浊的夏天更重浊。在青翠的麦苗与金黄的麦浪之间，我的妻子怀孕了。

父亲挥手打我时，我的心里酝酿着毁灭一切的愤怒。新账旧账一起算！我看到在我们父子三十年的空间里，飞动着铁锈色的灰尘，没有温情，没有爱，没有欢乐，没有鲜花。但是我知道我的感觉是偏颇的。父亲伛偻的腰背和遍身的泥土抗议我的偏颇。他的骨头上刻着劳动的深痕，他的眼睛里结着愁苦的车轮轧出的血红的辙印。他站在疲乏的椿树下好像一个犯人，在我面前，垂下了灰白的头。我听到从他的喉咙里发出一阵"喀啦喀啦"的声音，随着这声音，父亲耷着肩，慢慢地、慢慢地蹲下去。父亲被我打败了。我站在火热的太阳下，表皮流汗，内里凉冷，我的空壳里，结着多姿多彩的霜花，还有一排排冰挂，状如狼牙……

我是匆匆赶回来的，穿着都市里通俗的衣裤。面对父亲，这衣裤顿时生辉，显示出高贵和奢侈，它有多余的口袋和纽扣，还有不必要的干净。打败了父亲，我感到深刻的罪疚：一个几乎是赤身裸体的老头子，七十岁了，蹲在他的衣冠整洁面孔白胖的儿子面前。阳光照着他们，照着夏天的打麦场。满场铺盖着铡掉根部的小麦，金黄中泛着银白的麦秸和麦穗，尖锐的麦芒。麦芒上生着纤细的刺毛，阳光给它们动力，它们互相摩擦着，沙啦沙啦地响。偶有一两个不成熟的绿麦穗，夹杂在金黄中，醒目得让人难受。那绿麦穗上，有火红色米粒大的小蜘蛛在爬动，好像电光火星。场外横着一盘铡刀，一条长凳，无言无语，一动不动，那儿留下杂乱的脚印和狼藉的麦根，宛若一个古战场，向凭吊者透露着模糊的感情……妻子高抬着铡刀等待着，父亲弯着腰，把一个麦捆塞到铡刀下，妻子一弯腰，铡刀"嚓"一声，麦捆一分为二。母亲努力蹒跚着，用那杆桑木老杈把麦穗挑起来，挑到场上散开。我的女儿在麦场上打滚，她吃麦粒吃到嘴里一根麦芒子，麦芒子噌噌地往嗓子里爬，她脸憋紫了，一边哭一边咳，妻子吓出一脸冷汗……金黄的麦穗，平静的劳动，芳香的汗水，鲜花般的女孩，健壮的少妇，树根般的老人……一幅天下升平民乐年丰的优美图画，所有的色彩都服从一种安谧的情绪,没有风,没有浪,没有雷,没有雨,人的动作似蛤类的移动,强大的平静潮水冲刷过的沙滩上,留下一行行千篇一律的足迹,如同图画、文字和历史……

我确实感到深刻的罪疚。

我虽然每年回家履行丈夫的、爸爸的、儿子的职责,虽然自认为与这个偏僻的荒村联系密切好似胎儿与子宫,但还原了艰苦宁静的劳动场面,心里还是万分惊愕。从人欲横流的都市生活中,仅仅坐了一天一夜火车又两小时汽车,就来到这里。北京上海广州天津的男男女女的急促的嘟嘟哝哝与饱含着杂质的欢笑被远远甩开,仿佛一个忘不了的梦。我在梦中飞行,飞机失事,人破机毁,飘然落地,睁眼一看,竟是我家的打麦场。

我站在麦场边缘,像苦行僧一样忍受着阳光的惩罚,类似的情景使我忆起二十年前,老师因我下河洗澡把我晒在炎阳下忏悔,我被晒晕了。为这事,父亲端着一柄粪杈把我的满脸粉刺的老师赶得跳墙逃命。父亲是爱我的。父亲为使我上学把一根锄把子攥细了,就是就是,父亲是爱我的,即便是打我,也是伟大父爱的一种折射,但是,我不能因为父亲爱我就投降。还有一种,还有一种超过父爱超过母爱的力量,不是爱情,不是忧伤,是一种无法言喻的东西在左右着我的感情,它缺乏理智，从不考虑前因后果，它的本身就是目的，它不需要解释，它就是我的独立。固然你们为了爱我而干涉我的独立，但我还是要恨这种干涉。固然你们在辛勤劳动，你们的辛勤劳动创造着人类的历史，但我还是要憎恨。在父亲们丰碑般的贡献面前，儿子们显得渺小，但岁月频仍，人世如河浪推拥。我向前走着，靠近了父亲，我说：爹，您别难过。

父亲按一下地，站起来，把草帽扣到头上，僵硬地走几步，弯腰拾起一杆杈，翻挑着场上的麦穗。褐色的父亲，用长长的淡黄色木杈把金色麦穗挑起来——晒脱了壳的少量麦粒从杈缝里轻快地掉在因挑走麦穗而暴露出来的灰绿色的场面上——又抖抖地放下去。场面平整光滑，麦粒在上面蹦跳。父亲一杈杈翻着，原来在下边的，现在请上边来；原来在上边的，现在请下边去。满场散着炒面香，麦穗干透，是打场的时候了。我走到父亲身边，去夺他手里的木杈，父亲紧紧地攥住杈杆，我抬起眼看他的脸，碰到他眼里的陌生的冷淡神情，这神情一下子把我推出去，我松开了手。父亲说：孩子，还是把他生下来吧，啊？把他生下来吧，你想想，一个孙女，一个孙子，都活蹦乱跳，在我和你娘身边，像小狗小猫，跑着跳着叫着，该有多好……

父亲画出来的幸福图感动了我。父亲继续说：谁跟谁结夫妻是天定的，你也不能怨爹娘。父亲的话似乎不应停住，但停住了，他低着头翻晒麦穗。我一侧身，看到她从场北边走过来了。她高大丰硕，一摇一晃地走，一边走路一边咬着一根水淋淋的大黄瓜。走到我面前，她把黄瓜赶紧咽下去，唇边沾着两颗白色的黄瓜籽，她抬起袖子擦了一把嘴，急促地问：你回来干什么？我说：不干什么。她说：正好，帮我们打场。我说：别打场了，走吧，去公社卫生院做手术。她说：做什么手术？我无病无灾的！我说：流产手术。

我的话一出口她的脸就白了，呆呆地立着，有半分钟，垂着两只通红的大手。我说：还愣着干什么？回家去收拾收拾，快走。她大声抽泣着，血液渐渐又上了脸，湿漉漉的眼睛里喷吐着愤怒的火苗，我看着她的高大的身躯，心里不由生出怕来。她腮上的肉一鼓一鼓的，我知道她发了怒。她说：你听谁说我怀了孕？我说：你别管。她双手捂着脸，发出一阵哽咽之声，不知为什么，我觉得她的哭泣充满了浓厚的舞台气。她是善于装哭的。记得那一夜，我坐在炕下吸烟，直吸得烛泪满窗台。她哭了，我看她一眼，眼里干巴巴的。我不看她，她还哭。我又看她一眼，眼上黏糊糊的，我认为那是唾沫。有一次我拉肚子住医院，她去看我，隔着窗玻璃，我看到她往脸上抹唾沫……她的哭泣声变成咕咕噜噜的低语，低语又变成清晰的詈骂：老不死的，闲得嘴痒痒，让儿子断了后你就舒坦了……走遍天下也找不到这样的爹……

父亲高举着的双臂僵在空中，片刻，又猝然落下，像中弹的鸟翅，连同木杈，连同麦穗。在短暂的瞬间，我看到父亲的脸发生了那么多的变化：初如一张白纸在火苗中燃烧着，卷曲着，飒飒作响，后来轻抖，定形，静止，似怒非怒，似哀非哀。半岛地区初夏的灿烂阳光照亮了父亲那灰烬般的脸。我胸膛中都是心跳，全身肌肉紧缩，我叫：你胡说什么！她昂起头，双目灼灼地逼视着我：天生的事儿，明摆着的事儿，全中国没人知道我怀了孕，只有他和娘知道，娘不在这儿，就他在这儿，不是他告诉你还能是谁告诉了你？我说：爹打了我两巴掌，你看我的脸。她说：你们是演苦肉计给我看。我说：我警告你，你要是再敢欺负我的爹娘，我就和你算总账，你不要以为我怕你。

父亲的眼泪一下子挂满了腮，他的嘴唇哆嗦着，把一张脸都带活了。他又举起木杈翻场，麦穗麦粒在杈下场上愉快地跳动着。

我说：走，别磨蹭，赶快流掉，拖一天难一天。

她在我面前第一次用眼里的水而不是用口里的水把脸濡湿了。她眼里流出来的泪水浅薄透明，仿佛没有重量，这张红色大脸上挂着的泪水就像马头上生出的角一样令我难以接受。

她的哭声放大，泪水密集起来，颜色变深，质量变大，沉甸甸像稠而透明的胶水。我的眼睛火辣辣地发烫。我恨她对我的欺骗，我暗自庆幸及时得到了她怀孕的消息：这不能怨我，我让你服药，你说你戴着环。你自己找的，别怨我。

俺也没怨你。她不哭了，大步走到场边，把一根棕色的粗绳子背上肩——绳子后联结着一个一头大一头小的青石碌碡——好言好语地问父亲：爹，能压了吧？父亲的脸上慌慌张张跑出笑容来，父亲笑着说：艳艳她娘，你放下吧，我来拉。她说：我年轻，我来拉，您干了一晌午头，去树荫里歇歇吧。父亲感动了，说不出话，更紧张地挥杈翻场，一串串的麦穗，小金鱼般跳跃着。她拉着碌碡绕场旋转，长腿大臂，麦场显得小。我有口难说话。这时，从场北边那条小路上，母亲走过来了。母亲牵着一头小公牛。小公牛后跟着我四岁的女儿。

母亲是小脚女人，一步步走得艰难。她老远就看见我了，想走快一点，但牛走不动了。父亲停住杈对我说：前天来了劁牛的，要钱少，手艺好，就劁了。

怎么选这么个忙时候劁牛？我问。

艳艳她娘要劁，父亲说，这个人手艺好，要钱少。

牛劁了后，必须不停地遛，严防倒卧，但动过手术的牛，又千方百计地想趴下，因此，遛牛是艰苦的劳动，白天连着黑夜，黑夜连着白天，娘和牛，都遛成木头了。我迎着娘走去，我看到娘兴奋的枯脸，一阵热风把她灰白的乱发吹动，吹得更乱。女儿在娘的身后，提着一个绿色的长方形小收音机，畏畏缩缩地看着我。

母亲说：艳艳，叫爸爸呀。

我说：娘……

母亲说：你回来了？有什么事？

我说：没事。

母亲的眼泪流出眼眶。

女儿躲在娘的背后，偷偷地看着我。我看着她那两只酷肖我的眼睛，弯腰把她抱起来。她很胖，沉甸甸地坠手；可是去年的衣服吧，裤头和汗衫之间有一段空白，露出了积满灰垢的肚脐眼。我说：艳艳，我是谁？她轻轻地说：你是爸爸。我说：你怕我？她说：爸爸。

我答应了一声。

二

我抓住她的袖子，拉她上河堤，又拉她下河堤。干河里的沙土冒出灰白的热气。她往后仰着身体，下巴翘起，口里吐着一串串含混不清的话。我们走得黏涩，如毡上拖毛，洞里拔蛇。河里没有路，泛碱的松软沙土嗞嗞响着，烫着我们的脚面。烦乱的蝉鸣在两面河堤的柳树上交叉着响起，一道蝉鸣一道丝线，飞蹿着编成一面大网，罩住了枯河道。我抬头看见天上布满了鱼鳞状碎云。正午时分，满天都是强光，不知太阳在哪里，蝉鸣声挡住了河堤对面母亲的低泣、父亲的叹息和女儿手提小收音机的叫声，空中一声爆响压住蝉鸣，空中的响爆得蝉鸣像爆竹的碎片，爆竹碎片像雪花一样纷纷扬扬地在半空中浮游。空军基地的飞行训练，还在继续进行。我拽着妻子往河堤上走时，女儿睁大了眼，惊吓得不敢哭。我惶恐得不敢看她。我拉着妻子横过枯河，方向由北向南，目标公社卫生院，距离两千米。脚下的沙土干涩地响着，令人牙碜，妻子不情愿地跟着我走，我气喘吁吁地回过头，手仍然紧抓住她的她的袖管。你走不走啦?我阴沉沉地说。她不作声,迷惘地看着我。

六年前,她牵着我的袖管——像我今天牵着她一样——去公社登记。那天上午阳光明媚,美好的天气犹如孔雀开屏,那时候河里还有些潺潺的流水。我为了拖延时间,提议去走七里外的九孔桥,她说去你的吧,你今天听我的。她脱了鞋,挽起裤腿,高高地露出湿沙色的小腿和干沙色的大腿,说,我背你过河。她把鞋一下子塞到我怀里,鞋旮旯子里一股淤泥味扑进我的鼻孔。我说,我去走桥。她说,你走屁!四下无人,她在我面前蹲下,反胳膊搂住我的腿弯,我抱着她的鞋,趴在她的背上。她稀里呼隆下了河,腿蹚得水声一片,我不敢低头,平眼前望,见河滩地里麦苗青青,笨重的斑鸠从河边飞起,在麦垄上落下,划出一道麻麻斑斑的抛物线。她用两只大手抓住我的大腿,我全部的感觉都集中到她的手掌上。她那时已经二十八岁,虽没结婚但身体已经发胖。她的呼吸沉重,宽阔的背上散发着热烘烘的大葱气味,我在温暖的阳光下,在她体温的圈子里,瑟瑟地抖颤。她把我背过河,放下我,推我一把,拍我一掌,说:你别想跑。我迷迷糊糊地说:往哪里跑?她说:往哪里你也跑不了。她从我手里夺过鞋,提着,赤脚踩着干净的路,一步一个清晰的脚印。几十步,脚印淡了，肥肥的脚背上，蒙着一层黄尘土，两个明亮的大脚指甲，像两只警觉的眼睛。你看什么？她脸上露出强悍的笑，催我快走。我恍然如赴刑场，把腰板挺得笔直，恰似一支箭杆。公社民政助理员是一个极漂亮的麻子，见人先笑。他哗哗地翻动着蓝皮户籍簿，翻到了一个，用笔杆点点，抄到白纸上。她放下一条裤腿。盖住了一条腿。又翻到了一个，用笔杆点点；她盖住了另一条腿。民政助理员打量着我们，她拍拍鞋子，穿到脚上。他问了几句话，全是她对答，声音大得像吵架。麻子写好了一张纸，说：按指印。她蘸了一个鲜红的手指头，狠狠地按在麻子指点的地方。我双手插进裤袋里，磕磕绊绊往后退，向着门口的方向，你还想跑？她一把抓住我，喊：回来。麻子惊愕地看着我们，五官一定，接着挤鼻弄眼地邪笑：当心，小伙子，当心挨打！我说：不按。麻子说：按吧，不按不合法。她拉着我的胳膊用力一顿，我就站在了桌子边。她有两条乌黑的眉毛，嘴唇上汗毛很重；她胸脯丰满，衣服上印着金黄色的葵花。她说：我等你快二十年啦，生是你的人，死是你的鬼，你凭什么不按？麻子说：小伙子，别傻了！这样的媳妇哪里去找？人高马大，山大柴广，生个孩子也是大个的。我举着手指，看着她那个大指纹，想起了河里的戏台，她坐在台下看戏，把板凳坐得直往沙里陷……

空中突然有强光交错，耀得河沙像水银。一架抿翅翘尾的飞机翻着筋斗往下掉，掉一会，又猛地竖起头，斜刺着冲上去，冲去了之后，响声才震动河道。飞行训练，还在继续进行。

妻子端坐在沙土上，用宽大结实的背对着我。她的脖子上沾着灰土，沾着一根淡红色的麦芒和两颗蛋黄色的麦壳，一颗大，一颗小。汗水溻透了她的衣服，皱边的衣领上有发亮的油腻。我说：起来。她说：不。河沙钻进凉鞋，烫着我的脚，暗蓝色的光线嗞嗞叫着往上扑，扑得我两眼落泪，我说：玉兰，你难道要我给你下跪吗？

我叫出"玉兰"二字，心里感到别别扭扭，结婚六年了，我没叫过她一次名字，总有那么一些极其简单的方法让她知道我在跟她讲话。我不得不给她写一封信的时候，总是用尽量潦草的字体写她的名字，这个名字与它符号着的人相去甚远，我感到惭愧。而她，在六年中写给我的五封信里，每次都把我的名字砍得缺胳膊少腿地躺在信封上，像三个疲乏的伤兵在沙漠中行军。我叫了一声"玉兰"，她的脸一下化了，她不但回头而且转了一下身体，亲切地望着我。我说：这么热的沙土，你也不嫌烫，快站起来。她温顺地站起来，说：她爸爸……真要流，我也依着你……刚才，我觉得就像李二嫂一样，没人疼没人爱……你叫了我，我又觉得跟李二嫂不一样了……

李二嫂在我女儿手提的那个绿色长方形小收音机里哭哭啼啼唱起来：麦场上拉完碌碡再把场翻，满肚子苦水能对谁言。这两口唱震动得我们全家肃然默立，静听着阳光哗哗叭叭晒焦麦穗。树叶子都蔫了。小公牛想趴下，母亲用力上提着它的铁鼻环，它嘴里吐着白沫，尾巴弯弯曲曲痛成一条蛇形。没有什么好说的，我说，这个孩子坚决不能要，即便是要，也要等我干出点事业来。娘说：什么他娘的狗屁事业，有人才有世界。收音机说：郎咸芬在这两句唱腔里，充分发挥着传统吕剧委婉凄切的风格，又吸收了河北梆子的高亢和黄梅戏的甜润，完美地表现了青年寡妇李二嫂孤单寂寞痛苦不堪的心情，使人能从她对苦难生活的控诉中，联想到她对男欢女爱的幸福生活的向往。请大家再来欣赏一遍这两句唱腔。妻把嘴唇噘起来，脸上布满乌云。她把绳子抓起来——棕色绳子如一条死蛇——背上肩头，弓腰探颈，大踏步走起来，青石碌碡吱吱哑哑响着，把麦穗轧得纷纷落粒。父亲跟在碌碡后边，把轧实的麦穗挑起来，抖松，雨点般的麦粒从杈缝中落地。小女儿退到矮墙投下的那道窄窄的阴影里，袒着肚子，伸开两条小肥腿，鞋子脱下来扔在两边，一只离腿很近，一只离腿很远，收音机在两条腿中夹着，呜呜哇哇地响。

麦场上拉完碌碡再把场翻，满肚子苦水能对谁言。

妻子呼噜呼噜地哭着，一声声地紧。她步幅巨大，每一步都把麦穗扬起来，抬脚高高，像在泥泞中跋涉。

十七岁到李家挨打受骂，第二年丈夫死指望全断，靠娘家并无有兄弟姐妹，靠婆家无丈夫孤孤单单。

妻子哭得酣畅，步子跌跌撞撞，青石碌碡跟着她左一头右一头地瞎碰乱撞。父亲的腰伛偻得更厉害了，那顶破草帽随时都会从头上掉下来，但总也掉不下来。

在收音机絮絮叨叨的哭诉声中，女儿一动不动，双手搭在肚子上，眼望着麦场，眼皮落下去，抬起来，又落下去，又抬起来……女儿出生后三天，我从外地匆匆赶回来，她躺在妻子身边，从一条小被子里露出一张生着细毛的小脸，小脸，怎么会这么小？我又可怜她又厌恶她。她好像要表演给我看：把鼻子和眼睛挤在一起挤出一疙瘩皱纹，抽搐一会，突然打出一个响亮的喷嚏。我大吃一惊，料想不到这么个小东西竟然会打喷嚏。打过喷嚏后，她放开脸，睁开眼，好像在看我，我觉得她的目光很短,并不能射到我的脸上。她哭了。妻子说:别哭,你看看谁来了?不认识,这就是你爹呀。我沉重地坐在方凳上,不敢相信自己已经是个爹了。妻子把女儿抱起来,解开怀,把一个与大乳房相比显得很小的褐色奶头触到女儿嘴边。她的嘴翕动着,像鱼儿吞钩一样把与她的嘴相比显得很大的奶头吞下去。妻子用手往上提着不断地壅住女孩鼻孔的乳房,面容庄严神秘,我看着她们,心中一片荒漠,见一个大人正向着那金子般辉煌的远古走去。

妻子的爹做贩卖猪皮生意,很能赚钱。他来看女儿,时间是寒冬腊月,风在河里怒吼着,把黄沙扬过河堤,一把把撒在屋顶的枯草上,打出一片细声。她的爹肥胖的脸上冻着一层油腻。他跟我的父亲寒暄几句,走进女儿房里,看着我,没说一句话,喝了一碗茶,站起来说:大嫚,我给你送来六个猪蹄子,让你婆婆煮汤给你吃,吃猪蹄子发奶水。我送他到院子里,他从车兜里摸出猪蹄子,一个接一个扔在冻得裂纹的地上,有白的,有黑的,在地上蹦成一盘残棋。我说:你不吃过饭再走?他说:不吃了,我要去赶集。他姐夫,你孬好也是个吃国库粮的人,每月五十六十地挣着,咋就把家弄成这副穷酸样子?三间东倒西歪屋,两个半聋半瞎的爹娘，我闺女嫁到你家，是她穷鬼薄命。现如今坐月子的，吃的是鸡鸭鱼肉，睡的是绫罗绸缎，喝的是奶粉蜂蜜，你们家可倒好！我被他训斥得哑口无言。的确，在这个家里，是没有多少幸福的成分的，我、她、爹、娘，还有这个刚刚出世的小灾星，大家都感到委屈，都不仗义，可都得忍着，受着，这一切都是阴差阳错，似乎命中注定，我送走岳父回来，见爹娘正瑟缩着肩膀，把猪蹄子收拾到屋里去。娘和爹用寒冷的眼睛看着我，仿佛我是主人，他们是奴隶。娘在灶下点着火，灶里呛出白色的浓烟，大力直冲房顶，又汹涌地折下来。爹和娘用袄袖子擦眼，把颧骨擦红了，把袄袖子擦亮了。我说：去他妈的，我堂堂的……竟要被这个屠户训斥。我抓起冻得硬邦邦的猪蹄子，用力摔到院子里，一颗接着一颗，好像投掷手榴弹，有一颗飞进嘎嘎作响的老杏树里，白蹄子在黑枝丫中碰撞着，好半天，才缓慢地落下来，惊飞一地麻雀。

你骂谁？妻子在屋里说。

我说：骂你的混账爹。

她说：你爹才混账。

你要是委屈，就跟你爹走，我说。

她说：你想得好，我孩子都有了，你还想休了我？

党是怎么教育的你？

父亲弯着腰，走出去，把我扔出的猪蹄子一颗颗捡回来。屋里的烟压得我弯了腰，凹凸的地面离我的脸很近。锅里的水沸沸地响起来，父亲从墙角上拖过一块木板，一个瓦盆，把猪蹄子放进盆里，母亲用一个缺口破瓢舀来开水，缓缓地浇到猪蹄子上，猪蹄子在盆里吱吱叫着，翻滚着，浮起来又沉下去。弥漫全屋的炊烟蒸气渐渐淡薄，显出乌黑的墙壁和老破的家具。父亲试试探探地往盆里伸手，黑手缭绕着白雾，虚实相济，构成幻象。黑手从盆里捞出一只水淋淋的猪蹄子，不是扔也不是放，而是在运动中滑落，恰恰打着木板边缘，溅出一圈水星，我看到父亲的眼眨了一下又眨了一下。母亲伸出两只手，一手按住猪爪子，一手往下撕毛。猪毛像腐烂的毛毡，一片片脱落，亮出白白红红的猪皮。爹和娘认真极了，连一根毛也不放过。撕净了毛又涮锅烧火，煮猪蹄，煮得香气满屋。妻子用了一天，就把猪蹄啃光，汤喝了大半。后来，妻子对邻人说：俺娘家送来六个猪蹄子，全被两个馋老给啃了。母亲把妻子对邻人说过邻人又转述给她的话学给我听。我听了，嗟讶良久……

这碌碡滚滚绕场旋转，我的命和碌碡一般，转过来转过去何时算了，这样的苦光景无头无边。

收音机感情充沛地唱着，好像成了专门替我拉碌碡的妻子配乐。她的哭声变成了一条舒缓的河流，平平静静，不妨碍这一番控诉黑暗家庭感叹悲惨命运的大唱灌进我的耳朵。她也许把自己当成李二嫂了，善良懦弱，漂亮多情，惹人爱怜。她机械地牵引着碌碡绕场旋转着，好像把这劳动变成了对我的谴责。我被李二嫂优美的歌唱动了心，被这骗人的戏剧感动得浮想联翩。我感到自己非常不幸，悲剧是世界的基本形式，你，我，他，都是悲剧中人物。我妻子认为她和李二嫂一样命苦，我认为我比她还要命苦，父母认为他们比我们还要苦。大家都被痛苦压低了头。只有我的小女儿倚在土墙上睡着了，她圆圆的头颅歪在墙上，晒得火红色的脸蛋上，画着忧伤的图画……

妻子把肩上的绳子摔下，怒冲冲地说：我不干啦！我给你们家当牛做马，我受够啦。我说：你想跟李二嫂一样吗？她说：噢，你想撵我改嫁？美得你。我知道你这两年学会了照电影，天天跟那些大嫚在草地上打滚，有了新鞋就想脱旧鞋，你别做梦！我打不着鹿也不让鹿吃草。我突然感到一种下坠般——自由落体般的快感，太阳像嗥叫着的老鸹向我俯冲下来，金色的麦场像唱片般飞旋。

我的头触到了柔软芳香灼热的麦秸和麦糠，坚硬饱满尖锐的麦粒和麦芒，再下一点，嘴唇沾满了灰土。妻子像拖死狗一样把我拖到树荫里，乱拳捶打我的背，爹和娘站在我身边，大声呼叫我。娘说，艳艳她娘，你别把他毁了啊，他再不济也是你的男人，要是真有个三长两短，咱这一家人，可就散了班子啦……妻子愤怒地说：怨我？又怨我！唱丑都是我的，唱旦都是你们的，还不是让俺爹打的，还亏得是亲生的儿子，要不是亲生儿子，这两耳刮子，怕连头也打扁了。我睁开眼，看到妻子眼里的泪水，她是为我而哭吗？是泪水呢还是唾沫呢？我恶心，想呕吐。她爸爸，你把俺吓死啦！要俺背你去医院吗？她俯身问我。我盯着她那张饱满的大脸，急忙摇摇头。这时，那头对人类满怀愤怒的小公牛，瘫在了麦场边缘上。母亲、父亲、妻子，一齐跑过去。我被冷在一边，小女儿还在睡觉，收音机播放广告，一个酸溜溜的女人向我推销金银花牌防感冒牙膏。

我爬起来，走到牛边。小公牛像一堆泥巴一样坨在地上，母亲用力提着它的鼻子，父亲恼怒地吼叫起来，眼睛嘴巴夸张地张着，那顶破草帽在他脸上挡出灰暗的影子。你是干什么的！你瞎了？死了？父亲骂着母亲。

母亲仰着浮肿的脸，乱发如麻，不敢大声说话，讷讷地低语：我……光顾了儿子啦……把牛忘了……父亲说：你死了算啦！母亲眼里露一线惊恐和争辩的神色。妻子冷冷地笑了一声。父亲脸上的骨头都在跳，他抽了母亲一巴掌。母亲退行五步，用脚后跟捣着地，终于站不住，倒地无声，仿佛身体是灯芯草。母亲一生生养六胎，就活着我一个。我把娘扶了起来。娘的左边鼻孔里流出一道暗红色的血。血流过人中，流进嘴里，染红了舌头染红了牙。母亲喊：打！母亲要打牛，牛正在弯曲着四条腿，企图再次趴下去。娘及时地抓住了牛鼻绳，用力提着，牛无可奈何地把腿伸直。母亲用悲凉的目光看看我，牵着牛，踏着斑驳的树影，慢慢地挪去。

　　我用力把那杆木杈踢飞，木杈横斜在阳光中翻了两个滚，躺在麦秸中。我冷冷地说：走。妻子问：去哪儿？我说：卫生院，流产。她说：我不去。我双手揪住自己的头发，用力撕扯着。我没有权力打人，我有权撕扯自己的头发，我有权力嚎叫，在这种疯狂的发泄中，我流了非常混浊、包含多种物质的眼泪。爹，你不敢管他？妻子说。父亲好像聋了，跟跄着进了麦穗中，拾起那根死蛇般的棕绳子，背上肩，脖子像鹅一样抻着，走，青石碌碡在他身后，干涩地叫着，转着……

妻子感激地看着我,因为我叫了她的名字。黄褐色的热浪在枯河道里滚动着。蝉鸣声单调枯燥,让耳朵发硬。我认为我已经被白日和白沙烤煳了,妻子也糊了,从我们身上发出一股浓重的焦炭味。我掏出一块白得刺目的手绢,举到眼前,我擦不动凝结在额头上的汗,因为,妻子在紧盯着我。我用三个手指捏着手绢,在她脸上用力擦了一下,她的脸在手帕下绷成一片瓦样。我抬起手帕,发现手帕已变色,她眯着眼,嘴唇半开,如离水的鱼儿。肯定的,她还在期待着我擦她。在某些时刻,她是一个极好的合作者,她总是极尽她的热情,用她的方式来迎合我,这既令我感动,又令我悲哀;既使我满足,又使我歉疚。我把手帕翻过来,轻一下重一下,横一下竖一下,把她脸上的汗水和灰垢擦干净了。我说:玉兰,你是我的好妻子,你一向是听我的话的,你想,中国十亿人,要是都生两个,全中国怎么办?她把手伸过来,我握住她的手,她的手反过来握住我,用力捏着,好像怕我跑掉。我走,她跟着,走完枯河床,爬上绿河堤,我不敢回望,但还是感觉到河北的打麦场上,火样的炎热和冰样的寒冷正汇合成一束恐怖的箭矢,一支接一支地射击我的脊椎。

我和她在河堤上小站,散漫地看着堤坡上一棵棵刺槐，一丛丛紫穗槐，为了这虚假的幸福，我不把手从她手里挣出来，不把脸上纸一样苍白的笑容撕破。一阵粗重的人吼声使我们转过身，我看到从枯河道上游，一簇人拉杂着跑过来。他们跑得沙尘弥漫，前面的人脚扬起的沙尘打着后边人粗糙的面孔，后边的人闭着眼循着声音跑。在人群前，有一匹火红色的狗状动物一蹿一蹿地跑着。它在我们前面，跑上河堤，那群人蜂拥着追没了。

她用力握着我的手。她手心里的汗水又凉又黏。我们转身。我转了一个半圈，她绕我转了一个半圈。我们小心翼翼地向前走，像一对恩爱夫妻。

公社卫生院那几排红房子，像火焰一样燃烧着。

三

我和妻子走进妇产科时，妇产科医生兼主任正在急如星火地吃包子。她是我爷爷的哥哥的女儿，四十九岁，面孔白皙，一双手即使在夏天也冰凉彻骨。她用冰凉的手捏着一把亮晶晶的剪刀，剪刀上挑着一个热气腾腾的包子。咬包子时，她使劲闭着眼，舌头在嘴里吸溜吸溜地响；咬一口包子，她睁开眼，看得出舌头还在嘴里乱动。我说：姑。妻子说：姑。姑把包子咽下去，伸出舌头舔舔唇，说：你不是才走了不几天吗？又回来干什么？选演员还是选山水？我顺水推船地说：选演员。姑问：演什么戏？我说：没意思的故事。她说：没意思谁还看，要弄就弄有意思的。我说：是。姑说你把我写到电影里没有，我比陆文婷不差，接了一千多个孩子，人到中年，你姑父还在宁夏，调不回来。我说一定要写个生孩子的戏，从头到尾都是生孩子。姑笑问：你见过生孩子的吗？我说没见过。那你写什么生孩子？姑说，我看了你们那些演员在电影里生孩子了，脸上喷口水就是汗，咧咧嘴就是用力，手撕衣服就是痛，几分钟不到，孩子就哇哇叫了，没那么容易。我笑了笑。姑说：你要不要看生孩子的？要看今日就能看。我说不看。

姑又插起一个包子，吃着问：有事吗？我说：她怀孕啦。姑笑了。我说：要流产。姑说：生了吧，也许是个男孩呢！我说：我有一个女孩。姑说：女孩到底不行。我说：您也这样说？姑说：只有我才有权力这样说。姑可是闯社会的，女人本事再大也不行。生了吧。我说：不生啦。姑说：真要流？妻子点点头。

姑从墙角的水缸里舀出半盆水。哗啦哗啦地洗着手。提着两只水淋淋的手，她站起来说：你们要等，里边就一张产床,有个产妇占着。等两个小时,也许还要长。我说:等吧。姑说:要不你们明天来。我说:不。姑说:也好,等着吧。

姑站在窗前擦手,用背对着我。狐狸! 我听到她说。

狐狸?

窗户外边,响起一阵杂声,有脚步的踢踏,有人的吼叫,有狗的狂吠。我扑到窗前,果然见一匹狗状动物从医院前的绿草地飞快地滑过去,像一朵红云,三条狗紧追不舍,二十几个男人跑在狗后,跑得遍地生烟。

狐狸? 大平原上哪来的狐狸? 我看到狗和人把狐狸追出草地,追进收割后的麦田,还是不敢相信那物就是狐狸。狐狸在黄色的麦茬地里风似的向南飘,飘过东西向的公路,飘进路南那一片黑色玉米林。狐狸在玉米林边像火苗样闪了闪,便不见了。我收回目光,打量这间房子,这间房子的门口挂着好几块白漆红字牌子,这间房子里边还有一间房子,四壁还算白,地面是劣质水泥,东墙上有扇门。门里是产房:南墙上有个窗,姑和妻子趴在窗台上,脸贴着窗玻璃看狐狸。她们看得那么专注。我少数服从多数,穿过玻璃往外看,医院没有围墙,原野一览无余:绿草地。收割后的麦田。黑色公路。玉米林。飞行训练继续进行,飞机的银影子在原野上滑来滑去。

在那片齐胸高的玉米林里,二十几个男人排成一个半圆,嗷嗷地叫着往南赶。能看到漂在绿色之上的男人脖子和头,看不见狗,能听到狗叫,狗叫声空洞,透着恐惧。人走得纷乱,狗吵得热闹,并不见狐狸的动静。我把吃进眼里的景物慢慢往外吐,又看到窗玻璃,一只苍蝇在玻璃上吐着唾沫刷翅膀,窗框上绿漆发白,嵌玻璃的油泥干裂,绽开一道道竖纹。姑和妻子把脸从玻璃上揭下来,对望一下,同时发出遗憾的叹声。是狐狸吗?我并不希望谁来回答我,只是为了打破寂寞随便问。妻子张皇地看着姑,姑的脸上有一层神秘的蜡色,她说:是狐狸!不是狗,狗尾巴翘着,狐狸尾巴拖拉着,像扫帚一样。要是夜里,能看到它跑出一溜火光来。我笑了。你不信吗?姑说,我也是党员哩,党员也得承认狐狸能发光。我说:您见过吗?姑说:当然!前十几年,咱这地方人烟稀少,孩子少得像星一样,人只要少,邪魔鬼祟就多。那时候,我常常半夜三更去给人看病,遍野都是闪闪烁烁的鬼火。你大爷爷说,只要把鞋子倒穿着,就能追上鬼火,踩在脚下一看,不是一块破布,就是一块烂骨头。还有狐狸。天漆黑一团,你迷了向，四面都是大崖坎，怎么爬也爬不上去，这时候，狐狸就来救你了。你的眼前，跳出一盏小灯笼，影影绰绰地照着灰白的小路。你只管跟它走，保险到家，你能听到吱吱悠悠灯笼把子响，吧嗒吧嗒的脚步声，到了村头，灯笼跳几下，像跟你点头，你不及回答，就见那灯笼变成一溜火光去了。我说：您碰到过狐狸引路吗？姑说：没有，你大爷爷碰到过。我说：原来你也是听说呀。姑说：你不信吗？我没碰到过狐狸引路，但碰到过狐狸炼丹。这可是千真万确的——

姑姑一语未了，就听到产房里一连声地响，一个白衣白帽的护士拉开门，冲出来。在开门的瞬间，我看到产房里那张白铁腿黑革垫的产床上，仰着一个白净小女人。我急忙别过脸，往里走几步，眼睛往墙上看。女护士说：老师，她要生。姑抬起腕看表，说：你别听她说，不行，起码还要半个小时。护士问：您进去看看？姑说：看不看都一样。你要抽烟尽管抽，这里不是协和医院。姑跟女护士进了产房。女护士关门时，使劲看了我一眼。我立即掏出一支烟点燃。

妻子怯怯地问我：狐狸精真能变成媳妇？我想了想，说：也许吧。妻子说：你出门在外，可要当心。我点点头。那只苍蝇正在奋力冲撞玻璃。

窗外的光线似乎暗淡一些,玉米林里打围的汉子们又面北过来,看不清眉眼,只依稀分辨出一些长的头或是圆的头。人的喊叫声有些疲乏,狗的叫声却比适才粗犷嘹亮。东西向的公路上,有一台灰绿色的手扶拖拉机噗噗地叫着疯跑,朝天的烟筒里喷吐着一圈圈白烟,开车的人面部呼啦呼啦地射出炽目的白光。又过了一辆马牛车,一匹花马拉着长套,一头黑牛驾着辕,车上载着乌黑的东西,也许是煤;马腚上亮亮地泛着光,也许是汗,也许是膘。马蹄夸张地抬起很高,牛蹄不离地面,牛不是在走,而是在流动,凭着经验,我看到了黑牛那两支粗大结实的犄角。一辆鲜红摩托车,骑着两个人,一个男一个女,女的搂住男的腰,像兔子一样在路上蹦跳,超了马牛车,又超了手扶拖拉机,嘟嘟嘟嘟直劲响,把整个世界都震动了。

姑和那个女护士从产房里出来。姑说:你翻开书看看吧,大概在五十八页上,要不是我认识她公公,我就给她一顿臭骂。姑不知要骂谁。女护士走到我面前——她的脸粉嘟嘟的,委实嫩得灵活,一溜刘海盖住额头,连眉毛都看不见——我慌忙站起来,退到墙角上,让出她的位子来,我说:对不起。她说:没事,您只管坐着。我哪里还好意思再坐,见女护士的手伸到我的眼下，拉开了一个抽屉。她的手小巧玲珑，皮肤粗糙，指头上爆着一圈圈的白皮。她的手努力表演着，紧张得颤抖。打狐狸呀！很远的南方飘来喊声。手红了又白，白了又红，我想象着她的脸，她的脸就印在手上。手在抽屉里躲躲藏藏，像一只小耗子。抽屉里花花绿绿，书并不多，有两颗翠绿色的玻璃球在骨碌碌滚动。女护士的胳膊上生着纤弱如丝的黄毛。打狐狸呀！她总算把一本书从抽屉里提出来。书脊上贴着胶布，破碎的封面上也贴着胶布，我看到那是一本《妇产科教程》。姑说：也许是六十八页，我记不清了，你翻开看看。女护士翻书，翻动书页哗哗响。说：老师，跟您说的一样。姑说：好吗？

喊打狐狸声和狗叫声沉默了几分钟，又忽然觉悟般地大响起来，二十几个汉子散在玉米林里，怎么数也数不全。姑骂一声，又问我：你信不信，我真的见过狐狸炼丹。妻子说：姑，你别说，俺害怕。姑说：怕什么！妻子说：您说吧，俺不怕。姑说：也不过是十几年前事，十几年前，人比现在少多了。三年困难，全公社生了七个孩子，死了四个。那会儿人少，荒地也多，路也少。有一天夜里，我去王干坝接生，接完生就是后半夜了，天黑得伸手不见五指。那个小伙子说：姑，我送你回家吧。我说：不用，你快回去照顾你媳妇。他还是要送我，我说：没事，我走惯了夜路，什么都不怕。那个小伙子回去了。一出村，我心里就怯生生的，那个天，没死没活地黑，现在根本就没有那么黑的天。我摸索着路走，听着路两边的高粱叶子哗哗地响，像有人摇的，一串串的脚步声跟在我身后，还有哼嗤哼嗤的喘气声。路越走越不平坦，乱糟糟的细草缠着我的腿，毛茸茸的尾巴扫着我的脸。我的头皮一炸一炸的，头发都支棱起来了。我知道毁了。碰上邪了。你大爷爷给我说过这种情景，我原来也不信，这下信了。我走不动了，瘫在地上，听着四面八方的风响，勾儿嘎儿的鸟叫，叽叽咕咕的人语，心里想：今日算完了。坐了半天，又想，不就是个死吗？半辈子人啦，活着没味，死了也利索，想着想着胆就壮了，我大叫：邪魔鬼祟，有本事就使吧，你姑奶奶连死都不怕。我这一声吼不打紧，眼见着远远地过来一道火光，停在离我几十步远的地方，叽嘎叽嘎地响一阵，就看到有一颗碗大的火球慢慢地升起来，升到五六米高的光景，在空中停停，又慢慢落下。连升三次，那火球就在空中舞起来，像两个孩子在抛球，划一道红线，又一道红线。那个球发出不刺眼的红光，照清了我眼前的一片绿草……好久好久，火球没了，我模模糊糊地看到一个狐狸露了一下相，紧接着一溜火线走了。这时，黑雾散了，我看到了满天星星和遍地的坟头，我被邪到老墓田里了……从河对面传来了你大爷爷喊我的声音……你大爷爷那时还活着，我出去给人家看病，他就拄着拐棍在河堤上等我……你还不信吗？我说：也许……您在神经极度紧张之后产生了错觉。姑说：你给我滚到一边去！我是医生，还不知道什么是错觉？

我说希望能碰到次狐狸炼丹，也好开开眼，姑说绝对不可能了，现如今人太多了，鼻子里眼里都是人，人多地面窄，人多心眼黑，山猫野兽连个藏身的地方都没有了，到哪里去炼丹！

门嘎吱一声响，进来的是女护士，她提着两只热水瓶，热水瓶塞儿嗞嗞地叫。她什么时候出去打开水我不知道，我光顾了听姑讲炼丹了。姑说：小安，这就是我那个当电影导演的侄子。安护士说：我早就认出来了。安护士用蜕皮的手端一杯水给我，我伸手接水时，礼貌地看着她，她说：我看过您的电影。您喜欢用慢镜头。姑说：你不是选演员吗？看看小安怎么样？我说，我要带走她，谁帮你接生？姑说：我一个人干，扶植年轻一代嘛。

大家笑了一阵。安护士又给我妻子倒了一杯水。产妇的婆婆从产房里冲出来,气喘吁吁地说:露头了……露头了……姑说:你就在外边等着吧,产房里地方小,转不开人。产妇的婆婆诺诺连声。这是个五十多岁的老娘们,留着二刀毛。一张大脸红扑扑的,气色好得如刚上市的小萝卜。安护士对我嫣然一笑,说:老师,您坐着。她叫我老师,我看到妻子脸上抽搐。安护士的脸嫩得像毛桃,眼睛开了一些,双唇极富感情,红润得像熟樱桃。

妻子戳我一下,说:她爸爸!

我打了一个惊悸,听到墙角上一声爆响,见那个绿花格子铁皮热水瓶下渗出水来,水银色破瓶胆嚓嚓响着,碎在地上……

四

我坐在窗户下安护士的办公桌前,斜看着那扇上半截乳白下半截乌黑的门。妻子坐在姑那张办公桌前,两张桌子连在一起,妻子也就与我对面而坐。她的目光从我脸上飞向墙壁,飞向天花板,又从天花板滑到墙壁、滑到我脸上。她的胳膊肘撑在黑漆剥落的桌面上,两只大手玩弄着一支蘸水笔，蓝墨水染绿了她七八个指头肚子。产妇的婆婆坐在一张小方凳上，面对着产房门口。她不停地扭动身体，凳子在她臀下吱吱叫着，她脸上的焦虑像一点即着的煤油。产房里悄然无声，器械打在搪瓷上的声音极其响亮，我感到寒冷从心里往外扩散，那扇乌黑乳白的门阴森森地闭着。门里突然飞出一声惨叫，又一声惨叫，我的毛孔陡然关闭，屁股微微离开凳子。

我飞快地点燃一支烟。

妻子鄙夷地对我说：她太不中用啦。我生艳艳那会，也没哭，也没叫，上了产床一袋烟工夫，就生下来了。你也不在，谁也不在。早晚都是自己的活儿，谁也替不了。

产妇婆婆的脸上汗水涔涔，双手使劲抓着裤子，脖子伸向门，眼凸着，肚子一鼓鼓地喘气。一个穿浅灰色制服的高大小伙子推门进来，问老太太：生了吗？答：没有。怎么这么慢？小伙子说着，瞅瞅房里人，走到产房门口，侧耳听一阵，又拉开北边的门，走出去。妻子跟踪着他的背影，直到门碰回她的目光。妻子居高临下地问老太太：这是你的儿吗？老太太说：三儿。妻子说：看样子也不是个吃庄户饭的。老太太说：在供销社开汽车。他二哥在国务院里当秘书,他大哥在地委里统战。妻子说:您真好福气。妻子说:俺家里这个……

我转脸对着窗户。绿草地上色调已见出柔和来,十几只蓝蜻蜓在草尖上停着。麦茬地里黄光泛滥,偶有一点绿点缀其中,显出生气来。东西向公路上,沥青化出一湾湾油,犹如一块块碎玻璃闪光。玉米林里,那群追赶狐狸的男人们,把圈子缩小,几十个头低着,一点点往紧里凑。狗不再叫。男人们动得艰涩,屏住呼吸,眼珠子一定瞪得发绿,流着酸水。有几只手按着紧张的狗。玉米叶子被缓缓地推搡着,久旱而生的黏虫被晒死后,化成蜂蜜一样的汁液,玉米叶子像涂了水胶,又黏又亮。叶片边缘上的刺毛扎着裸露的皮肤,又痛又痒。狐狸的味道直冲鼻道,使那些人发昏,胃肠翻搅。四方八面往里缩着,人越见密,玉米棵棵被挤出去,狐狸的味道愈浓,中间挤着一个狐狸。狗脖子上的毛竖起来,呜呜地发着威。我像一颗拉了弦的手榴弹。我听到了千米之外咻咻的喘息,闻到了他们腹下的汗臭。在最后那一刻,几十个人直起腰,棒硬如木桩,站成一道栅栏。狐狸完了!你真笨,有多少深山老林你不去,有多少荒漠大泽你不去。男人们大发一声喊。狗叫声似放枪。二十几个男人一齐朝里倒了,一大片玉米叶子翻转。我知道狐狸完蛋了,这只曾经炼过丹曾经跑起来一路火光的大仙落了运。我错了,众人七零八落地从翻滚的叶子里冒出头来,嘈杂地喊叫着,把一地玉米撞得前仰后合,乱滚滚上了路。我眼前的玻璃上通红一亮,那条狐狸一溜火光从沟里上了公路,由西向东跑。人们散漫成一条羊屎队伍,跟在几条狗后,几条狗短促沉闷地嚷着,跟在狐狸后面。那辆鲜红的摩托车又窜回来,蹦蹦跳跳地从人群中穿过去,离弦箭般射向狗尾,车上坐着的女子一手搂着骑手的腰,一手举着个塑料娃娃之类的东西,屁股不时跳离车座,口里发出猛禽鸣叫声。狐狸跑成一团贴地飞行的红火,一条花狗两条黑狗一辆红摩托等等穷追不舍。眼见着那狐狸跑得慢了,四条细腿点钞般轻动,三条狗趁机缩小着与狐狸的距离,伸口就能咬住狐狸尾巴的样子。我想这个狐狸完了。我又错了。狐狸一个立正站住,尾巴略抬,那三条狗扑地而倒,有两条打着滚下了沟,一条在公路上转圈。摩托车钻进狗队,前轮压住那条在路上转圈的狗尾巴,狗转着节子叫,女人也转着节子叫。狐狸跳下公路,不知哪里去了。摩托车紧随着狗下了沟,沟里蹿起一股淡蓝的白烟。

妻子和老太太看着我,红脸上都似擦了铅粉,暗淡生灰,我抬头就看见我奇形怪状的脸,在那面倾斜着挂在墙上的大镜子里，我的下巴拉得像根棒槌一样，四只眼睛在镜子的边上晃动。这是县卫生局奖给妇产科的大镜子，一排鸡蛋大的红字写得分明。

拿不着的。老太太说。

这些人不得好死。我妻子说。

草地上起了一股小旋风，把几块纸片螺旋到天上去。从医院后边的河堤上飞来蝉鸣，我恍惚听到女孩的哭声，不敢说，故意咳嗽几声。抬腕看表，已是下午三点，这个名目繁多的房间里焦灼闷热，妻子的胳膊把姑的黑漆桌面湿了两大道。房门被轻轻推开，一个面上锈着蝴蝶斑的女人在门外探头探脑，妻子大声说：干什么？那个女人震了一下，小声说：找医生。妻子说：你干什么？女人说：查查胎。妻子说：医生在接生。女人小心翼翼地走进来，说：还早？妻子说：等吧。

产房里又热闹起来，产妇尖着嗓子叫娘。婆婆弓身向门，眼见着脸上滚汗。那个蝴蝶斑女人老得焦黄，躲躲闪闪地站在墙角，和妻子东一句西一句地扯着，产房里的挣扎声使她们心不在焉，使她们像两只躲在一根枯枝两面的蝉。

产妇的嗓子哑了，声声慢，声声凄惨。我仿佛听到了肌肉撕裂的声音。我听到了肌肉撕裂的声音。姑和护士催促着产妇用力。听到产妇吭哧吭哧地憋气,哞哞哞哞像牛的声音。我的脸在镜子里变成面具,根本不像我了。房间拉得巨大,墙壁薄成透明胶片,人在胶片上跳跃,起始模糊,马上鲜明。我透视着产房。那张白铁腿黑革面可以推动可以升降的产床上,仰着裸体雪白的产妇,她小个子,像个纺锤,头发一圈一圈粘在床面上。她两只手死劲抓着床边,指甲盖红的红,紫的紫。脖子拧来拧去,乳房松弛成两张饼,褐奶头凸出,产妇肚子上青筋暴跳。姑戴的手套薄而透明,像没戴手套。安护士用白牙咬着红唇,戴着大口罩。她们手动嘴动,一点也不比产妇轻松。我恨不得变成胎儿,我看到我自己,不由得惊悸异常。

我推着重载的车辆登山,山道崎岖,陡峭,我煞腰,蹬腿,腿上的肌肉像要炸开,双手攥紧车把,闭着眼,咬紧牙,腮上绷起两坨肉,一口气憋在小腹里,眼前白一阵黑一阵,头发梢上叭叭响,木头车把往外长,太阳绕着我的头旋转,四周弥漫着蝉鸣。飞机在我头上逆着阳光飞,驾驶员是个小伙子,黑黑瘦瘦,嘴里嚼着一颗奶糖,他把奶糖根吐出来,吐到玻璃上,吸引来三只红头绿苍蝇。车轮一寸寸地上行,挺住!用力!使劲!只差一点点,就爬上了山顶。山顶平坦如砥,绿草如茵，柔软似绵，只要登上山顶我就可以躺在绿草上，看活泼伶俐的黄蝴蝶在我脸上飞来飞去，蝴蝶背负着深不可测的蓝天，如几片漂在水面的黄叶。用力！对！对！对！……哎哟……我不行了……

产妇又垮了。姑和安护士喘息着立在一旁，安护士把牙齿从唇上收回去，口罩蠕蠕地动了一下。我在安护士的桌面上按出十个鲜明的指印，指肚都挤扁了，离开桌面的瞬间它们是白的，明白地看到肌肉在鼓起，血也从根端汩汩地流过来，指尖胀得麻木不仁，我被陡峭的山路累得筋疲力尽，站在半山腰里，想象着山顶的芳草地，既怕又向往。产妇婆婆踽踽到门口，双手扶住门框，用力往里看，像要看破门板。她身上肉一律下垂，形成上尖下宽形状。妻子老练地说：到了这火候，咬牙瞪眼也要挺住。妻子不知是对我说话，还是对蝴蝶斑女人说话，蝴蝶斑女人扫我一眼，不知是对我妻子说话还是对我说话，她说：是个雏儿吗？

那个穿灰制服的小伙子在草地上转圈，脑袋耷拉在胸前，好像拉着碌碡转圈。打麦场上，一定忙累着父亲，他孤身一个人，放下扫帚拾起杈，落满麦糠的身体，在薄薄的尘土中冲出一道道七歪八扭的胡同，但尘土立刻就重新填写满了胡同。父亲像一条大鱼，在澶漫的黄水中游泳。女儿跟在母亲身后，寡淡地走着，海绵小鞋用力擦着地面，她不愿把脚抬起来。父亲顶风扬场，麦粒在空中亮起一面褐色翅膀，麦糠夹着灰土，疾速地向南飞，医院上空飘着麦场上的尘土和味道。

姑在产房里大声训斥着产妇：你打算怎么着？要个死孩子还是要个活孩子？产妇好像死去一样，一面孔灰黄和白汗。每当我想看产妇时，面对产妇的墙就像玻璃一样透明，产房里味道从玻璃里透过来，刺激着我的鼻孔。产房里的浅蓝色的气体像冰晶一样，寒冷彻骨，我突然明白了姑为什么要有一双冰冷的手。她用冰冷的手摸着产妇洁白的皮肤，拭去一层层固体的汗珠，就像拭去冰萝卜上结着的霜花。安护士樱桃红唇上留下四个牙印，中间两个深，两边两个浅，我惊异地想那鲜嫩的汁液何以不流出，马上又想到产房里一切都结了冰，樱桃也不例外，而结冰的樱桃是固体，不会流淌。

姑提着双手，走到窗前，看了一眼平放在窗台上的手表，摇摇头，说：小安，给她注射上几支葡萄糖。安护士摘掉手套，用干燥的小手拿起一个粗大的玻璃针管。针管里装着无色的液体，针头伸出一段白色尼龙细管，尼龙管的结尾是一根亮晶晶的针。姑说：你听着，你上了产床四小时了，再磨蹭孩子就死在肚里了，再磨蹭我就要切了你。你想想看,是生出他来,还是让我剥出他来?配合我,生出来,一辈子就这一回嘛!

产妇呜呜咽咽地哭起来,身体像大蚕一样蠕动。我用拇指压着太阳穴,听产妇在破釜沉舟。我重新推车爬山,太阳绕着我车轮般旋转。妻子半张着嘴,蝴蝶斑女人紧闭着嘴,张嘴的闭嘴的都屏着呼吸,紧张地用着力。我虽然没见过妻子和那蝴蝶斑女人生孩子,但猜想到她们那时的表情跟现在差不多。苍蝇狂热地冲撞玻璃,发出沉闷如擂鼓的声响。那忠诚的婆婆手把门框,像焊在门上的一个大铸件。产妇的哭泣或是用力声像连续的吐痰。我推车上山,每一条肌肉都像拉坏了的弹簧一样松弛。我不是用肌肉发力,而是用筋骨,用牙齿,用浓稠如粥的意识,陡坡与山顶之间只有一点点距离了,薄得像一线刀刃,我通过车轮感觉到了平坦山顶的边缘,闻到了野草杂花的腥香,遍体金茸毛的蜜蜂像呼啸的子弹射击着轻飘飘的蝴蝶……

好!姑大叫一声。婴儿被关卡压迫得长而难看的头沐浴在温暖明亮的人间空气里,姑扯着婴儿的膀子,婴儿像一条圆滑的鳗鱼缓缓地游出来,我感到淋漓尽致的厌恶和欣慰。我闭眼。剪刀咔嚓一声响。我睁眼。产妇一动不动,腹部凹陷,她没有呼吸,没有心跳,没有细胞分裂，血液也不循环，她像一条吐尽了丝的蚕。

山顶上金碧辉煌，绿草把我淹没了。山下传来我家那头公牛悲怆的叫声。

一个大胖小子！姑兴奋地说。那个婆婆顺着声软在门前，成了一堆肉。妻子和蝴蝶斑女人对望一眼，都长长地吐气。姑提起婴儿的两条腿，安护士用两只小手用力拍打着婴儿的背。婴儿呱了一声，又呱了一声，像吐掉了一个堵嘴的塞子，下边就咕呱连片，把产房叫成一个池塘……

男孩，那老女人从水泥地面上一跃而起，少见的敏捷动作由这样臃肿的身体做出更是少见。男孩！男孩！老女人叫着，风一般扭出去，很快出现在草地上。三春，生啦，男孩！那个小伙子的脑袋像弹簧一样跳起来，眼睛突然睁圆。我把脸从窗户上移回来时，他已经站在产房门口，露出一脸蠢笑，搓搓手，搔搔脖子，听着他儿子在产房里哭。婴儿每秒钟都在进步，哭得已经熟练流利，像歌唱不像蛙鸣。我如见婴儿腰缠白纱布，湿漉漉躺在磅秤上，四个爪爪朝着天，睁着眼哭。产妇身上盖了一条花格床单，眯缝着眼欣赏儿子，她的脸花红柳绿，原来是一个精致漂亮的小媳妇。姑用手指拨着磅秤上的刻度标卡，安护士皱着眉头收拾战场。八斤！

姑说：弄出这么个大孩子来，这个当爹的真该挨打！小伙子傻笑一声，掏出一根超长的烟卷，递到我面前，说：老师，请抽烟。他也叫我老师，我被捧得舒坦，接了烟，说：恭喜你！他说：造了个大孽！

产房门开，走出姑和安护士。姑对我点点头，眼睛在口罩上笑。安护士眼睛在白帽下笑。我狼狈地对她们笑。安护士走出屋。姑对小伙子说：把你儿子抱走吧，半小时后，找辆车把你媳妇拉走，倒床用。

老女人蹦进产房，把婴儿抱出来。婴儿包在一条绿被子里，拦腰捆着红带子，头上蒙着红绸子。妻子脸色煞白，跨一步，挡住老女人，说：大娘，让我看看孩子。蝴蝶斑女人也凑过去。老女人把孩子往妻子面前送送，妻子伸手揪了婴儿的盖头红布，看着婴儿的一头黑发，目光都直了。蝴蝶斑女人啧啧连声，夸着：好孩子，真馋人！好孩子，真馋人。老女人急了，嚷：他嫂子，快盖好，快盖好！妻子如梦初醒，把婴儿的头用红布盖好，退了回来。老女人骄傲地打量了一圈，脚下似踩着轮子，溜溜地滑出去。

姑骒骒啷啷地洗手，困难地脱大褂，在那面歪曲所有形象的镜子前拢拢头发。我看表，四点三十分。

姑说：今日是生男孩的日子，上午接了两个，也是男孩。

我飞快地点了一支烟。

姑一脸的遗憾,看看我,又看看妻子,说:非流掉不可?妻子顿时泪水盈眶,说:不流,我不流!她拉开门,急步走了。

我高喊:站住!

我追出妇产科,在走廊里,与安护士险些相撞,她说:老师,对不起。

我说:你站住。

安护士被我吓坏了,直着两眼看我。

五

妻子双腿并拢,干净利索地跪在梧桐树下,双手合十上举,仰面看着我,阔大的梧桐树叶缝隙里筛下几线瘦长的金色光辉把她的脸分割成几块,她的脸残缺不全,庄严肃穆。她跑出走廊,拐上南北向贯通医院通向河堤的煤渣路,不到几十步,就被我一把抓住了肩膀。我一扳,她一摇晃,像小女孩发脾气,我说:你发疯了?她说:你才发疯了。我把她揪到路边梧桐树下,狠狠地揉她一把,她就借着劲跪下了。

阳光不但照黄了她的脸，也照黄了她身边纤弱如发丝的野草，不叫的蝉翘着屁股，淋下几点冰凉的分泌物，落在我的耳朵上。我擦一下耳朵，嗅一下手指，蝉尿无色无臭，十分洁净。生有绿锈的梧桐树干上，有一只黄背白花斑的天牛在直线上升，优雅的斑节长须在方棱的头上招展着，如京剧武生头上的雉尾。四周安静，枯河道里溢出来短小精悍的风，一段一段间隔着吹到医院，梧桐树叶动一下，紧接着不动；响一下，紧接着不响。树下孱弱的细草沉思着点头，像为我唱赞歌，像为我奏哀乐。压死了几株瘦草的是一大团被雨水阳光改造过的惨白的红纸，一只昂扬的蚂蚁在纸的高峰上站着。触须抖动不止。喀喀唧——一只灰羽蓝尾的长鸟从梧桐树上空滑翔过去，向着北方，向着河堤。河堤如长蛇般东西蜿蜒，柳树都如画在堤上的，色彩灰暗沉闷不像因为炎阳曝晒倒像因为画老了。枯河上空似有一道白光壁立，衬着绿树，使绿树都有重影，缥缥缈缈，一直到极目处才淡薄了。

我弯腰去拉妻子，她用那两只幼稚的大手，抱住我的腿。我听到她喉咙里咯咯地响几声，见她嘴角下垂，好像要呕吐，不是呕吐，她悲伤地哭了，她真哭了。她说：她爸爸，你是铁石的心肠吗？你看看人家，生了八斤重的儿子。你不馋？我能给你生个十二斤的儿子，我不会像她那样哼哼唧唧，你只管在外边闯你的世界，白捡一个儿子，好不好？我用力托着她的胳膊，一股湿热的气体堵在胸口，使我出语凝滞。我说：玉兰……你起来……她说：我不。我说：起来，让人看见这像干什么。她说：我怕什么？我没有罪。我说：没有罪才该起来……

我松开她的胳膊，想飞快地点上一支烟，烟盒空了。我攥紧烟盒，扔在草间。我束手无策。狐狸！

她应声跳起，站在我身后，紧紧地抓住我的胳膊。

狐狸沿着麦茬地疲惫不堪地跑过来了。它不断地回头张望，那群人跟在它身后约有二百米，全累得脚拖地面，好似橡皮擦纸。那三条狗在人前几步远，半死不活地跑，连叫也不敢。狐狸尾巴拖着地面，扫起一溜黄烟。它越近了，身体渐大，毛色通红，愈像一团火。我看着狐狸跑进绿草地，红毛狐狸绿青草，像一幅生气蓬勃的宣言书。我为狐狸兴奋担忧。它跑了几个小时，还没有摆脱这群人狗，这么多人狗追了这么长时间，还没逮住它。我想狐狸一定累昏了头，它竟然踏着煤渣路，直奔我和我妻子来了。她在我身后尖叫着，身体使劲地往我身上贴，仿佛要钻进我的身体里去。

这只也许早就失去了炼丹走火本领的狐狸子遗从我和妻子面前，流水落花般跑过，它的秀丽的脚趾抓得我心脏紧缩。妻子的指甲掐得我肉痛。在跑动中，它侧着狭长的脸，用绿色的眼睛，鄙夷地瞄了我一眼。狐狸瞧我不起，它高傲得可以，它冷漠得要命。这只伟大的狐狸，像一尊移动的纪念碑，从路上飘然而过，像一道红色闪电，坚硬而滋润。我无意中叫了一声，长而恐怖，嘴巴张着不合，舌头冻结，目光如线一样粘在狐狸那条老练地道的尾巴上，狐狸跑到哪儿，就把线带到哪儿。

狗和人杂沓地追来，狗无表情，人却恶狠狠地骂我：你他妈的怎么站着不动！你腿有毛病？他们不敢恋骂，撇下我不管，急如星火地追下去。人跑成狗样，狗跑成人状，狐狸跃上河堤，在那道壁立的白光上，投下一个边缘朦胧的影子，狐狸的影子，使柳树立刻绿得厉害。

这只狐狸脸上的傲慢神情刺激着我的神经，它蔑视我，它使我把从前积累的关于狐狸的印象全部曝光。我在动物园见过铁笼子里一群红狐狸，它们臭气熏天，懒洋洋地蹲在阴暗潮湿的石洞里，尖削的下巴使它们满脸荒诞愚蠢。那次我跟那个单眼皮大眼睛的姑娘去看狐狸，奶油冰棍把她的嘴巴弄得黏糊糊的。她问：你为什么像狐狸一样阴沉？我说：我怕这铁笼子。她吃惊地看着我忧伤的脸，我忧伤地看着她吃惊的脸。她说：遗憾吗？我说：你闻得惯狐狸的味道吗？她说：我有慢性鼻炎。我说：我们去看老虎吧。

狐狸翻过河堤，跳到枯燥滚烫的河沙上，宛若进了白色沙漠。它柔软的爪子踩出一朵朵梅花，天上的金光，沙上的白光，把它夹成一个金银狐狸。两岸墨绿的垂柳排比而下，河堤的漫坡上一团团连续着荆条、红柳、酸枣棵子，枯河之沙曲曲折折向前流着，沙子热胀，摩擦有声。狐狸在沙上跑，尾巴拖出一条痕迹。它钻进丛生的灌木，不见了。那群汉子也下了河，低头辨认着沙上的花纹。狗把鼻子触到花纹上，可耻地对着人叫。三架飞机压着狗头飞过去。飞行训练继续进行。驾驶员都是面孔冷峻的小伙子，都不会眨眼睛。飞机有时飞得很高，有时飞得很低，飞低时，麦茬地里它们金黄色的大影子像河水一样流动，机翼激起的硬风把野草按倒，枝杆强硬，叶子边缘上生满硬刺可以做止血药用的大蓟在伏地的野草中昂扬着紫红色的花朵。

安护士从墙角拐出来，我认为她是为我走得如此风姿绰约雄赳赳气昂昂，像个烫发的红卫兵小将。飞机成排地低飞过去，巨大的轰鸣声把梧桐叶子都震翻了。

安护士说：老师，老师让我问问你们，是流还是不流？

我说：流，坚决流。

安护士响亮地笑起来，我看她，她立刻把笑容敛起来，说：其实，这不算什么大事，我们每天都给人流产，半个小时就完事。她用眼斜看着我，嘴对我妻子说：大嫂，老师是搞艺术的，你应该支持他。

妻子说：什么狗屁艺术，嫁给他是我前辈子干了缺德事。

安护士说：哎哟我的大嫂！全县里的女人也比不上你幸福。

妻子说：你知道我遭了多少罪？等他等老了，和我一般大的女伴都两三个孩子了我才结婚，还是我拉着他去登的记。

安护士说：拉郎配。

妻子说：他像个小孩一样，能把人气死。

我说：行了。

安护士说：大嫂你真该知足了，老师从这么多人中选了你，你真该知足。我们院长的女儿何苹，号称十大美人之一，想嫁给一个演匪连长的，匪连长都不要，她只好嫁给飞行中队长。老师是导演，导着演员呢！

妻子说：她爸爸，我听你的，往后，你可得好好待我。我在你们家这么多年，也不是容易熬的。

一片哭声，从医院的东北角那排房子里传出来。

安护士说：大概又有人死了。

这么个小医院还经常死人？我问。

安护士说：经常死。

我说：走吧。

妻子说：等等，看看死了一个什么人。

那排房子前乱了一阵，见一行七八个人，幽灵般走过来。最前边一个中年男人，面部无表情，弯腰驼背，拉着一辆平板车。车板上躺着一个面孔方正的小伙子，他瘦削脸，高鼻梁，脸色黝黑，嘴唇青紫，两只雪白的耳朵在披散下来的头发中隐显着。他好像睡着了，嘴上还挂着一丝悠然的微笑。车后跟着一个老年妇女，哭得一脸模糊，破旧的蓝布大裰上，沾着鼻涕眼泪。车后还有几个男女，有架着老女人胳膊的，有拿着零碎东西的，都紧蹙着眉头，踉踉跄跄地走。一个小姑娘，穿着一条好像用红旗改成的裙子，一件又脏又破的汗衫扎在裙子里。她脖子细长，腮上沾着圆珠笔油迹，腕上画着一只手表。她右手提着一双旧拖鞋，左手托着一个鲜红的苹果，走一步她看一眼苹果，苹果红得像一块血，光滑得像一块玉。她几次把苹果举到嘴边，嘴唇张开，露着两排小小的牙齿。我嗅到了苹果浓郁的香气。女孩每次张开嘴唇，都干巴巴地叫一声：哥哥。她脸上连一滴泪珠也没有，红苹果举在她手里，像暗夜中的灯笼火把。

红苹果把周围暗淡的灰蓝色全照浅了。小姑娘的红裙子与红苹果上下辉映。小姑娘的叫声很像梦中的呓语。最后，是一个老汉，他穿一件圆领大汗衫，曾经是白色的，汗衫的背部破了十几个铜钱大小的洞。一条黑布裤子，一双用废旧轮胎做成的凉鞋。两条弯曲着伸不直的胳膊。光秃秃的头上挂着西斜的太阳。他一声也不出。他默默无语。他迈着缓慢的大步，驼着背，从我的面前经过，那灰白的眼色，使我感到彻骨的寒冷。他们过去了，车轮在破烂路面上颠簸着，车板喀喳喀喳地响，车在人的簇拥下，看看就远了。我看到车轮与地面接触的部位胀开一圈黄色气体，紧接着我听到一声爆响。

妻子说：屋漏偏遭连阴天，黄鼠狼专咬病鸭子。

我无话可说。妇产科门前停着一辆小面包车，那个穿灰制服的小伙子，双手托着他劳苦功高的妻子，从走廊里走出来。

六

临进产房前,妻子脸色灰黄,鼻子上渗出一层汗。她直着眼看着我,说:我可是为了你才走这一步,你别忘了。我挥挥手。姑坐着,毫无兴趣地喝着一杯水。姑说:小安,给她推上两支葡萄糖吧。这种事我干一回够一回。刚才是送子观音,现在是催命判官。妻子说:还要推葡萄糖吗?这么贵重的药。姑说:计划生育用药,不要钱。

安护士举着一管子透明药水,对我妻子说:把袖子挽起来!

妻子坐下,挽起袖子,她吧嗒吧嗒地咂着嘴,好像品尝什么东西的味道,她的胳膊上凸起一层白色的鸡皮疙瘩。

你冷吗?安护士问。

妻子说:不冷。

注射完毕。安护士说:老师,开始吗?

窗户金碧辉煌。妻子在产房门口,拧着脖子看我一眼,她那张脸浮肿得像个大气球,我不相信自己的眼睛,待要重新看时,产房的门刺耳地响着关上了。只有我一个人，站在这间房子里，房子宽阔高大，天花板上吊着一个沾满石灰的灯泡，高如天星，一个个墙角都深邃无边。西墙角上有蛛网，东墙角上有斜阳投进来的淳厚凝滞的阳光。西墙面着我的背，东墙上那面镜子里我变形成一个星外来客。我数了，镜子上写着二十一个大小不等的字，镜框上有一个木疤。西墙上挂着一排登记簿子，有流产登记簿，有放环登记簿，有子宫下垂登记簿，有独生子女登记簿。

我不敢看那扇通往产房的门，因为它愿意向我传递阴森恐怖的情绪。我也不敢拂去粉壁上的阻光物质，让粉壁透明了，更重要的我要把第三只眼睛紧闭。我看了一阵苍蝇，又回头看墙上的登记簿子，我逐个地揭开它们，看到一行行花花绿绿的名字，从名字缝里，浮现出一张铁腿革面床，床上躺着一个女人，她有庞大的乳房，松弛的肚皮，肚皮上布满了眼睛般的斑点。她眼睛的神情像被钢刀威胁着的羔羊……我垂下手，簿子自动合起。

安护士挪动着钢铁机械发出沉闷的钝响。墙上阳光灿灿。产房里响起了扑哧扑哧的声响，好像用气筒往轮胎里充气。我尽力地不去想象，但那张床，床上躺着的我妻子，我妻子身下那些奇形怪状的物件，不断地在我的脑海闪现，好像多少年前的旧景重现。妻子的脸扭曲着，嘴角歪歪扭扭地乱动，一两声憋不住的呻吟从嘴角冒出来。我挣扎出来，像溺水的人扯住几根垂到水面的树枝。我面目狰狞，在镜子里，动一动一副面孔。安护士的腿一曲一伸，一曲一伸，咖啡色的膝盖在白大褂下闪闪烁烁。那干涩的扑哧声从她脚下飞出，在她脚下编织成串，向我脑子里爬动。我的脑袋像齿轮一样转着，把扑哧声编织成的链带全部绞进来，储存起来，这些声音如气体般膨胀，我感到头痛欲裂，脑壳等待着爆炸。

我张开嘴巴，扑哧声从嘴巴里钻进来；我闭住嘴巴，扑哧声从鼻孔里爬进来。我索性拿开堵住耳朵的手指。一种难以名状的焦虑感，电流般贯通我的全身。妻子在产房里叫了一声，这叫声湿漉漉沉甸甸，像水渍湿的棍子一样抽打着我，我沉重的心脏把我压倒在凳子上。我飞快地点一支烟，没有烟，我捧起腮，又扔了腮。

在紧张的摸索中，我的手碰到了《妇产科教程》，《妇产科教程》碰到了我的手，我迫不及待地翻开它。它发出碘酒的味道，珍珠霜的味道。安护士用红杠子蓝杠子把一行行黑字托起来，还在书的空白处歪歪斜斜地加了注。妇产科专家写道：世界上有识之士对迅速增长的人口表示了极大的忧虑,人口增长迅猛已使地球体系严重不稳定,人类正奔向"聚爆"的摧残性结局……安护士批注道:刘晓庆,我多么羡慕你呀!妇产科专家写道:实行人工流产,是贯彻计划生育政策的一项有力措施。要消除广大妇女对人工流产的恐怖心理,又要认识到人工流产不是小手术,施术者和受术者都不能掉以轻心。安护士注道:佐罗是个好小伙。安娜是个好姑娘。我一定要……

安护士还在用力踩那物件,把一连串扑哧声制造出来。产房里的情绪灰白迷蒙,空气干涩。妻子的脸像一具蝉蜕,褐色透明,没有丝毫活气。我揉揉眼睛,合上这本见神见鬼的《妇产科教程》,站起来,看了一下表,方知妻子进产房仅七分钟。我怀疑表停了,但秒针嗒嗒地追赶着数字,数字追赶着秒针,时间追赶着空间,空间与时间融为一体,人在茫茫时空中如同纤尘,来如风去如烟,有时极大,有时极小,扑哧声还在继续,像一条藏污纳垢的河流,我整个身体都淹没在河流里,我用力挣扎,伸出头来,手把住窗框,如捞住救命的船板,窗外金碧辉煌。

我一眼就看到了大如车轮的太阳,成熟的金橘般的太阳,流溢出半天彩霞,低低地压着残缺不全的地平线。芳草地上飞来飞去的蜻蜓，贼星般射过捕蜻蜓的麻雀。我的眼跳过那片温暖的麦茬地，跳过河流般的公路，跳进苍翠如海的玉米林里，那些液化了的蚜虫使玉米叶子像青铜的刀剑，它们在如水的阳光中又簇立了起来，袅袅的白气沿着叶尖上升，我蓦然想起了狐狸。玉米林里这般平静，不会让人想起狐狸的故事，然而这平静之前，确确闹过狐狸，十几年前，狐狸在这里走火线炼仙丹，指引迷津，救我姑姑出黑暗，十几年前的光景像闪电一样消逝了。我把眼往回拉，眼前横着那条如河的路，路边的树木投下长长的影子，把路面遮了，似遮着流动的河水，河水中，树影动摇不定。我偶尔发现，从沟里冒上来似的，那路南边树影下，蹲着一个蛋黄色的人。像从河里流下来似的，从路的上游，拥来一群女人和孩子。我恍然明白，在路的上游，聚集着乡政府和公社干部们的家属子女，那儿号称干部村。那些女人孩子们都端着什么，跑着，童稚们发出飞越树梢的欢呼。女人和孩子把那蛋黄色人围起来，人圈阻住了道路。我起初只看见一些粗粗细细的腿，后来看到蛋黄色人坐着，身子前仰后合，有呱嗒呱嗒的声响传来，一个带着长柄的圆物下，蹿出比阳光更加温柔的火焰来，女人的眼，孩子的眼，都被这火光映照得炽炽如金豆，投到那地雷状圆物上。有几个孩子往火中投薪,有一个孩子摇着把柄,让那地雷状圆物快速旋转。

呱嗒呱嗒的声音从窗缝里挤进来,扑哧扑哧的声音从门缝里挤出来,碰撞在一起,溅满五壁,如同两个波浪同归于尽……

柏油路上那些女人孩子纷纷跑开,有的躲在树后,有的远远地侧着身,眼睛都齐射到蛋黄色人身上。我看不见蛋黄色人的脸,只见到他手提长把圆物,跳跳蹦蹦似类人猿在开辟鸿蒙,蛋黄色的阳光涂到他身上,使他更加蛋黄不止,他把那物塞进一个长长的尖尖的小丑帽子一样的柳条篓里,身体停动,恰似演员亮相。一眨眼的工夫,他的身体跳离地面有二寸高,那篓子跳起有半尺高,落地后又跳几下,从篓缝里喷出几十股乳白色气体。这时窗玻璃抖动着,我听到了公路上传来的爆炸声。

我妻子是轻易不会喊叫的,她生我女儿时都没叫一声,现在她叫了。我想起妻子临进产房前看我那苍凉悲壮的一眼。我说:苍天保佑。天花板上那个涂满石灰的灯泡,射出短短的黄光,这里经常停电,现在来电了。灯泡悬挂在天花板上摇摇欲坠,妻子的叫声黏腻冰凉,带着潮湿的霉变气息,我的耳朵在寒冷中痉挛着。窗外金碧辉煌。我起身走几步,手拉灯绳,开关啪嗒一响,灯灭了,天还不黑，窗外金碧辉煌，太阳破了，草地柔和温顺，静静地躺着，草梢儿似动非动，任凭着蜻蜓撩拨。它使我深深地内疚。草地的中央，有一片草长得分外茂盛，像一个孤独的浪头，也像平静海面上的一块沐着光辉的礁石。有蚯蚓的叫声在礁石后响起，极其清晰地把一声与另一声之间的距离断开。这蚯蚓叫出了无线电信号，东北风把这信号向西南吹，吹向落日的方向，那儿有几十株向日葵，向日葵正怒放，全都背着太阳，葵花叶上落着蜻蜓，蜻蜓翅膀像刀刃一样锋利。我目无目标，胡乱地看，看到妻子的叫声在房间里飞翔，看到那长柄地雷状物在孩子手下飞旋，我怕那沉闷的爆炸声，怕妻子的叫声。公路上的女人孩子又散开去，蛋黄色人从血红的火焰中提出那物塞进篓里，人跳篓跳白烟飞蹿，我缓缓地按住耳朵，见窗玻璃莫名其妙地动。女人和孩子围上去，蛋黄色人把篓子倒提着，倒出一串白花花的东西在一个女人双手端着的盆状器皿里。玉米林里刀剑上指，落尘有声，谁也想不到那里曾进过狐狸，出过狐狸。我松开堵耳的手指，听到产房里瓷器碰撞当啷啷响。

父亲来了。好像久别重逢，父亲我认识，但感到陌生，父亲比我上次见他时苍老多了，他穿着一件破汗衫，穿一条黑裤子，穿一双废旧轮胎制成的凉鞋，戴着那顶灰烬般的草帽,站在了窗外。父亲身上散发着的汗酸和炒面香气从我的眼睛里进入我的意识,它使我鼻孔收缩,肌肉作神经质地弹跳。父亲这样瘦,汗衫的破洞里露出一个黑豆大的乳头,他无言默立,身后立着那头石雕般的牛。父亲的眼穿过玻璃,看到了我。他的嘴动了一下,好像要说话,我抢在他说话之前说话:爹,你回去吧,马上就好了……路上又爆炸了那黑色地雷状物,父亲双肩耸起,牛毛也在父亲身后一动。父亲没有回头,我越过父亲和牛,我说:今天下午,几十个人追赶一条狐狸,也没有追上。父亲不说话,站了一会,牵着牛走,牛背上搭着一条防寒的麻袋,后腿上的血痂乌黑,那个空皮囊肿得发亮。

父亲走了,母亲来了。母亲牵着我的女儿。女儿穿一件夹袄,盖住了圆滚滚的小肚子。她脸上带着泪痕。娘和女儿在窗前站了一会,娘不说话,女儿不停地吹一个红气球,把脸憋得通红,总也吹不大。我说:到屋里来吧。

娘站在产房门口静听了一会,回头问我:还活着吗?

我说:怎么会不活着呢?流个产,又不是什么大手术,马上就好。

整整一下午了。娘哭着说。

我说：整整一下午产床上都在生孩子，她刚刚进去。

妻子低沉地叫一声。姑说：好了。

我坐在凳子上，乞求地说：娘，您回去吧，弄点饭给她吃，多煮些……鸡蛋。

娘说：艳艳，走吧。

女儿扭扭身体，说：我要找俺娘……我要找俺娘……

我说：艳艳，你跟奶奶一起回去，爸爸和娘待会儿回去。

女儿哭着说：我要找俺娘……

我说：娘，你一个人先回吧。

娘走了。

女儿怯怯地看着我，说：我要找俺娘。

我说：你别哭，你会吹气球吗？来，吹给爸爸看。

女儿鼓起腮帮吹气球，气球膨胀起来。女儿一换气，气球随着瘪了。

我说：爸爸给你吹起来，好吗？

她点点头。

我从姑的抽屉里找出一根线，把女儿的气球含在嘴,用力吹一口,气球胀大,又吹,又吹,气球顶端变薄,变亮,红色被吹淡了,吹白了。气球胀到排球大时,我屏住气,腾出手来,用线扎住了气球嘴。我把气球还给女儿。

我说:你怕爸爸吗?你恨爸爸吗?

女儿莫名其妙地看着我。产房的门开了。

产房门一开,女儿就高叫一声娘,紧接着她在我怀里挣扎着,用气球敲着我的头,敲得我的鼻子酸麻,敲得气球嘭嘭地响。她哭叫着:娘……我要找俺娘……

女儿的娘还在产床上躺着,苍白一团,安护士帮助她穿衣。女儿的气球打得我嘭嘭响,在短暂的几秒钟里,我看到了那些奇形怪状的器械,竟与我想象的一模一样。产房门大开着,妻子在产床上召唤女儿,她满脸泪水。我放下女儿。女儿擎着红气球,扑到了妻子身边。我在那面镜子里,看到了我的脸。我立即逃离我的脸。

窗外是一个紫红色的世界。

那架通红的大飞机无声无息地从东边扑了过来,直冲着医院前这片草地,直对着我的头。飞机像个醉汉。飞机的翅膀流着血一样的光……

(一九八五年六月于魏公村)

欢　　乐

离开苍老疲惫的家门，像逃出一个恐怖的梦境，你，穿过了浮土噗噗的大街，贴着几排红色瓦房的墙根，晃过十几个散发着腐败气味的隔年柴草垛，爬上绿水大湾子凸凸凹凹的堤崖，往南往前走了二百米，就进入了蓊蓊郁郁的秋天的原野。密集成群的庄稼陡然唤起了你心里失群孤雁般的凄凉。你的心在有气无力的飞行中发出绝望的嚎唳，宛如失群的孤雁。你知道一切都完了、晚了。强烈的绿色像扎眼的电焊火花刺激得你心脑灰白，口腔里充满苦涩清冷的青草味道。于是你的嘴里仿佛塞满了青草。于是你像骡马驴牛一样枯燥地咀嚼着青草，咯咯嘣嘣响着用力咀嚼的牙齿，下巴骨哆嗦着颤抖，胃里发出乌鸦般的鸣叫，绿色的汁液沿着你的嘴角流出来。这时候你一转脸，就看到了被古历八月初下午和善的太阳照成橘黄色的大湾子水。湾水平静,像一面镀了浅金的铜镜。在弯曲的水草和黑色的小鱼上面,倾斜躺着你的倒影。你不愿见他。你曾经多少次把自己想象成一个风流倜傥的在校大学生形象:面如敷粉,唇若涂脂,鬓若刀裁,眉如墨画;洗得发了白的蓝制服褂子口袋里插着一支金星牌钢笔,一支三色圆珠笔。湾水中的形象无情地粉碎着你臆想出的偶像。好像去年的那一天,哥哥在你的无肉的脸上用力扇了一巴掌。你看到了自己的骆驼般的长脸,像两颗粗黑的豆荚般的短眉毛,嘴唇像发情的公山羊的唇一样上翻着,露出了一排东北乡人特有的漆黑牙齿。在上翻的唇上,稀稀疏疏生着几十根黄黑间杂的胡须。一只黑色的大头蟾蜍从你的脸影上游过,乱纷纷的如画涟漪里,你想到豹眼燕颔的生物教师说:神农架有一种长胡子的蛤蟆,俗称"角怪"。你的心里顿时泛起一种又冷又腻的不良感觉,你感到不美好,十年前你站在池塘水边看景时,有一只三条腿的癞蛤蟆从你的倒影上滑过,你看着它艰难地、顽强地爬到水边,钻进青青的水糁草丛里去时,眼里流出不知是恐怖还是同情的泪水。这只蛤蟆歪着身子爬动时的形象像烙印般打在你的脑子里。那时候你十四岁,现在二十四岁你还牢记着残废蛤蟆脸上孤独愤怒的表情和它洒在墨绿水掺上的焦黄的尿水。发情的公山羊……长胡须的角怪……三条腿的癞蛤蟆……

你厌恶地正过脸，往南往前笔直地走。东北乡广阔的田地像斑斓的棋盘延伸到你的目光尽头，你什么都清楚。去年暑假里，你在愤怒中低声吼叫：我不赞美土地，谁赞美土地谁就是我不共戴天的仇敌；我厌恶绿色，谁歌颂绿色谁就是杀人不留血痕的屠棍。

那时候你感到你的心像吃奶的牛犊一样撞击着你的肺，你的小肠像蛇一样钻着你的胃。现在原野上是繁茂的、不同层次的绿，像不同层次的感情和不同层次的感情需要，像一个伪君子的十几副面孔。目光一接触了绿色，你的心又像穿马靴的脚一样猛踩你的胃，你感到身体像被热尿浇着的水蛭一样缩成一团，缩成一个"a"，一个蜗牛，伸着两只胆战心惊的触角。水蛭又名蚂蟥，水蛭科蚂蟥属腔肠动物喜食水虱孑孓焙干研粉入药主治赤白痢疾……你感到被人赞美的绿色非常肮脏，绿色是混浊的藏污纳垢的大本营，是县种猪站的精液储藏桶。那个留着披肩长发的姑娘戴着优质乳胶手套好像没戴手套的手握着贮满"巴克夏"精液的交配器，走到一头年轻的"约克夏"母猪腚后，插了进去，像孩童玩竹节水枪般用力一推——"约克夏"愉快地哼哼着，配种姑娘严肃地咳嗽了一声。燕颔虎须的生物教师激动不安地说：

"同学们……杂种优势……同学们，五八年时，我们的老校友采集了山羊的精液，注射进家兔的生殖器，他们犯了什么错误呢？我们的老校友把水稻嫁接到芦苇上又是犯了什么错误呢？"

你的耳朵里仿佛有两个蜂巢被捅了，同学们的回答声都变成了马蜂的嗡叫。强烈的金黄阳光照射在种猪场的一草一木上。在金黄的底色上，你看到那个穿白大褂的配种姑娘紧抿着生机蓬勃的嫣红嘴唇，扭动着藏在沾满精液的白大褂里的丰满的臀部，手持盛满生命的利器，向另一头黑色的"长白"猪走去。你永远难忘在那一瞬间，表现在配种姑娘脸上的咬牙切齿的愤怒表情，你嗅到了从藏在透明乳胶手套里的那些冰冷黏腻的泥鳅般的手指上，散发出来的热乎乎的腥气。后来在生物课的试卷上，你也嗅到了热乎乎的腥气，是从被秋阳曝晒了一天的湾水中泛上来的，是钻营在湾底的肮脏淤泥里的泥鳅们发出来的气味。

你不愿歪脑袋了，尽管那股温暖的腥气强烈地吸引着你，尽管你的身体像细软的蜡烛向着右边的灼热倾斜。你很怕，你知道是那股泥鳅味儿毁了你去年的考试，你曾经产生过用开水烫杀天下所有泥鳅的念头，这不可能，你知道这是一种精神病症状，不要痴心妄想！你终于抵挡不住来自右边的诱惑，意志薄弱！你的眼睛往前看，那些绿色一瞬间都成了黏稠的污泥，成千上万条浅黄色的泥鳅吱吱叫着钻来钻去，钻出了无数玲珑剔透的洞穴。你向西歪了你的头。大湾子里明亮的水照着你灰白的眼睛，照着你脑袋里那些羞于示人的隐秘欲望。为了逃避湾水中的自我厌恶的形影，你麻木不仁地把近视眼投到湾子中央那几蓬已见黄萎的绿色蒲草上。棕色的蒲棒像蜡烛般高挑着，在蒲草的阔叶中央。你模模糊糊地看到蒲棒上闪烁着细弱的咖啡色光芒，很暖，也很孤独。这时，在你的眼里，一切景物和颜色，都浸透了悲凉和忧愁。五只麻鸭和四只白鹅从湾子对面的蔬菜地里扑扑棱棱跳下水。在鹅和鸭的背后，追着一个山魈般的紫面老头，他手挥着牛皮绞成的长鞭抽打着一只受伤的鸭子，他打一鞭，那鸭子就翻一个筋斗。鸭子挣扎着站起来，脖子像弹簧一样抖动着，阔嘴里发出鸡鸣声。老头退两步，挥起鞭子——鞭子像飞蛇一样弯曲着，又猛然抻直——打在鸭脖上。颤抖的鸭脖子迅速折断，像断在利刃下的一茎麦穗。一两片细小的鸭羽飞起来。你听到了焦脆的鞭声，你的心在鞭声中裂成了两

半。隔着明亮的、泥鳅气熏鼻子的湾水,紫面老头高叫:

"是你的鸭子吗?是你的我也不怕!你甭搭着眼罩往这看。它吃我的菜,我就打死它!谁吃我的菜我就打死谁!"

你惊慌失措地放下罩在眉毛上的手,立正站在湾崖上,看着那老人像匹老猿一样暴跳着,你麻木,像一根糟朽的木桩。老人提起那只死鸭——攥着折断的鸭脖子——前后悠荡几下,死命撇过来。鸭子像失事的飞机,一头扎在水里,溅起的绿色湾水似一朵墨菊,开放在你的眼前。

"你不服?"老人说,"不服到乡里告去吧!有理走遍天下,无理寸步难行!好汉做事好汉当,我叫王天赐,外号'天老爷',你告去吧!"

你糊涂得头都痛了,你看见那自称"天老爷"的老头,突然地停止了嚣张的叫骂,将一只胳膊举起来,一条腿弹起来,像舞蹈演员打旋子一样,转了一圈后,便一头扎在地上,像一只吃白菜的鸭。湾子里鸭鹅在杂交,那只麻鸭屁眼朝天漂浮着。那老头趴在对岸菜地里抽搐着,你像个杀人凶手一样仓皇逃窜。湾子里温暖的气息顿时冰凉冰凉,你再也不敢回头。你对自己的计划怕起来,沉甸甸的瓶子坠着你的裤兜,打着你的胯骨,你向前跑,向着死亡前进,竟像逃避惊惧。你险些撞到一头黄牛弯曲的角上,黄牛很仁慈地歪了歪脑袋才没让你撞到它的角上。它牵扯着一辆很大很破的车,车上载着几十捆早熟的谷子,谷穗耷拉到车辕外,像黄鼠狼的尾巴。车上坐着一男一女,从年龄上看像母子,从表情上看像夫妻。你又嗅到了泥鳅的气味,但这气味里掺杂着一股甲鱼的腥气,你感到一阵恶心,一阵绿色的恶心,在喉咙里升降着。

"瞎眼了吗?"车上的年轻男子龇着一嘴猪屎牙骂你。

你迷惘地看着他,他又说:

"永乐!"

他称呼你的乳名,你感到受了很大的侮辱。

"永乐!你念书念成痴呆了,考大学?那么容易?你爹的坟头没占着好风水,考白了头你也考不上!回家商量商量你娘,给你爹起骨迁坟吧!"

车上的女人咯咯地笑了一声,笑得你寒毛根根直立,好像青天白日之下见了鬼魅。那年约五十的女人用一根手指戳戳车上的汉子的额头,亲昵地说:

"我的儿,说话怎么无轻无重!"

车上汉子嘿嘿两声，伸出长鞭杆子拨拉了你一下，喊道：

"闪开道呀！好狗不站路中央！"

你机械地移到路旁，让牛车和牛车上的谷穗从你胸前缓缓地擦过去。车上的男人已经把头靠在那个全老徐娘的怀里，女人用手拍打着他的脸。你忽然想起，适才看到，那个女人有一嘴比猪屎还要黑的牙齿，稀疏的头发溜光溜光，像狗舔过一样。牛车摇摇晃晃地走远了，你在心里骂一句：

"建仓，我操你'老婆娘'"。

骂过了，你立刻后悔，你觉得这种肮脏的话与你的身份不相符合。这个臭名昭著的"老婆娘"，女儿原先是建仓的媳妇，女儿跟人跑了，她便来顶替了女儿的位置。她早些年装神弄鬼，外号"三仙姑"——短小精悍的罗老师把课本一摔，嘴巴立即跳到右腮上，鼻子下只剩下一只光滑的下巴：三仙姑才四十五岁么，很年轻么，为什么就不能穿绣花鞋，穿镶边裤？为什么就不能搽官粉，戴首饰？区长可以批评她干涉了小芹的婚姻自由，不应该批评她的服饰打扮。中国人老得快，四十五岁就老了吗？就不能恋爱结婚了吗？从这个角度来看，我认为三仙姑是解放区最少封建思想的妇女！……你和同学们紧盯着罗老师腮帮子上匆忙开合着的嘴，你们不知道从那里流出来的是蜂王浆还是"敌百虫"，是蜂王浆也罢是"敌百虫"也罢，反正都汤水不漏地喝到肚子里去了。你认为你和同学们都发出了淫邪的、恶作剧般的狂笑，笑声一阵连着一阵，震动得破碎的玻璃瑟瑟发抖，对面高一·二班和高二·一班的学生们从虚无缥缈的数学公式和浩如烟海的历史垃圾中挣扎出来，窗户上贴着一层苍白的脸，一个满脸雀斑的女教师用教鞭捅开窗户——教鞭前头套着一颗亮晶晶的螺丝帽，窗玻璃发出痛苦的砰啪声——愤怒地注视着嘴在腮上的罗老师，并用力咳嗽了一声。罗老师用党委书记般的坚定口吻说：应该给三仙姑平反！你们同意不同意？你用足了力气高喊：同意！你把憋了十年的浊气一股脑儿喷出来，在震荡房瓦的巨响里，你知道，在"复习班"或曰"回炉班"的八十名学生当中，你的嗓音仅属中等，你甚至连"冬妮娅"的嗓门都不如，从她小母鸡一样狭小的胸腔里，竟能发出如此高精尖的声音，好像玉米田里生出一棵高粱，委实像个奇迹。历史学女教师涨紫了她的脸，无数雀斑好像灿烂的星斗灼灼逼人。今夜星光灿烂，你想起历史学女教师因嫌碗里少肉与食堂里的杨麻子师傅吵架时的情景。她骂杨麻子的脸是"鸡啄萝卜似极",杨麻子说,你他妈的漂亮,天下第一美人,"今夜星光灿烂"。历史学女教师捂着脸跑了,杨麻子敲着盆沿唱小曲儿。后来听说女教师托人从天津买来了一箱子祛斑霜,还到化学试验室弄了一瓶硫酸,准备在搽用祛斑霜无效的情况下,用硫酸把雀斑一个不漏地腐蚀掉。化学教师说:"今夜星光灿烂",与"鸡啄萝卜似极"孰美?据说历史学女教师怅然良久,弃硫酸而去。她气急败坏地拉上窗户,声嘶力竭地训斥学生。老态龙钟的校党总支书记从办公室里跑出来,六神无主地站在院子里,丈二和尚摸不着头脑,盲人摸象般走到教室门口,声色俱厉色厉内荏外强中干嘴尖皮厚腹中空地吼叫一声:不许高声喧哗!然后头重脚轻根底浅地走着,急急如丧家之犬,忙忙如漏网之鱼。你想:不准高声喧哗,难道可以低声喧哗吗?你翻开词典时,下课铃声响了。

现在你清清楚楚地感觉到磨平了花纹的牛车胶皮轱辘碾雨天时车轱辘从辙印里挤出来的弯曲干泥片的细微声响,干硬的泥片破碎了,充气过足的胶皮轱辘嘭嘭响着,那是富有弹性的、拨动空弦般的声响,沉甸甸的谷穗子撩拨着粗壮的车辐条,不知道车辐条发痒不发痒,但是你却感到浑身毛茸茸地发痒。摇摇晃晃的牛车,像一团黄色的暖云,像一个暖的梦,像一碗黏稠的、半透明的发酵黄豆酱,渐渐离你而去,远你而去,在你与牛车之间一点点延长着的土路上,渐渐升腾起一股五彩的迷雾,你恍然大悟般地听到一曲辽远的、苍凉的歌声,那时候你还没有出生,到处是荆棘与鲜花,丛莽与沼泽,恐龙,琥珀,强烈的阳光晒得地球汗水淋漓,茂密的原始森林里,弥漫着浓烈的松脂香气。一个美丽的苍蝇正在用灵巧的腿沾着唾液掸刷自己的翅膀,一只八条腿的蜘蛛正用一万倍的耐心克制着一千倍的焦灼慢慢移向苍蝇……原始森林里燠烈浓郁的松脂香气……你焦虑不安周身黏腻……在那一瞬间,一滴沉重的、滚烫的松树的眼泪把谋杀者和被谋杀者、把最阴险的和最坦直的、把侮辱者和被侮辱者,固定在同等凄凉的位置。海水漫上来了,沧海桑田。一个赤脚孩子走在海滩上,感到脚掌被硌了一下。他弯腰捡起来了一滴古老的眼泪,给他的爹看。他的爹用衣襟擦擦眼泪上的沙土,举起来,迎着太阳,古老的太阳。他爹说:孩子,这是琥珀,好好拿着,卖了钱你给你娘抓药去。你学《琥珀》时跟那个赤脚孩子差不多大。不久又有一个面如团扇的大姑娘捡了一块金刚石,得了三千元奖金并被招进工厂当了工人。你日夜梦想能捡到一块金刚石,锄豆时锄刃啪嚓一响你的心都哆嗦了,怀着极大的希望你低头弯腰，捡起来一块粉红色的鹅卵石。

牛车载着金黄的谷穗和猪屎牙建仓与建仓的超猪屎牙"老婆娘"蹒蹒跚跚地拐进村去，温暖暧昧的源泉消失，五彩烟霓和松脂香味仿佛从来就没有出现过。摆在你面前的是僵直的灰白土路，路东侧肮脏的绿野，路西侧腥臊的湾水，冰冷浸透了你的身心。湾子北头，两蓬紫穗槐下，有一扇罾网被拉起来。一个肥胖的白肉老头在拉网。罾网出水时，网眼上都蒙着一层水的虹膜，虹膜噼噼破裂，绿水汇集到网的尖底，连环串珠般滴下去，滴下去。大大小小的鱼儿在网的尖兜兜里跳跃着。白肉老头一只手拉住网，另一只手持一绑在细长竹竿上的葫芦瓢，伸过去，弹一下网底，大鱼小鱼飞进瓢里，烂银般闪烁。你粗略地算了一下，一百一十个小时之前，你一言不发地蹲在那两墩紫穗槐之间，白肉老头右后侧，看着他百无聊赖地罾鱼。

"今年怎么样？永乐皇帝。连考五榜，榜榜落空？别着急，慢慢考，《三字经》上说，梁灏八十中状元，你有多大？不到三十吧？"

你冷漠地看着这个退休的公社原党委副书记白里透着青的脸，想到学校食堂里没蒸熟的死面馒头。范进中举，中了中了我中了，扔掉怀中准备出卖的鸡一路飞跑，蓬头跣足，跌入泥坑……今天是考查课。精瘦如柴的章老师弓腰驼背倒背着手，脖子歪着，右肩像驼峰般高耸着，在坟砖垒成的讲台上，边走边说，眼睛直盯着讲台上的砖头，好像搜索丢失在砖缝里的硬币。珍妃井里成千上万枚硬币，这个……女人。……齐文栋！你在水中镍币灰暗的辉光里，听到语文教师用鸥鹙般的声音，叫着你的名字。你下意识地站起来，眼前转动着面值一分的、面值二分的、面值五分的镍币。《儒林外史》的作者是谁？语文教师像慈禧太后一样追问着你。你潸然泪下，喃喃地说：珍妃……语文教师像寒冬腊月里的一只正在雪地里提腿缩颈的雄鸡，被劈头盖背地浇了一瓢滚水，那时候雄鸡是什么样子这时候语文教师就是什么样子。语文教师的驼峰像鸡头一样耸动着，肚子连着头颅，像一只受了重伤的翅膀。你的眼前硬币滚尽，白杨树的叶片把圆圆的硬币般的阳光透过破旧的窗户筛在你的斑驳的桌面上，同学们短促一笑，教室里一片黑暗的死寂。蝙蝠把房梁上的灰挂撞下来，落在了坐在你左前方的马白净——"马白腚"——的白脖子上。她的脖子上有一颗黑痦子，绿豆粒那么大，你一直认为那是一只虱子王。窗外的树叶哗啦啦响一阵，光影子欢娱地滑动着。高年级的同学们在操场上上体育课，步伐训练。农民在田野里对牛发号施令。咿咧咧咧咧——向右转——呜啦啦啦啦——向左转——。清脆的鞭声传到你的耳朵里,你体验到一种从未体验过的、因过度压迫和恐惧而产生的罪孽深重的快感。老师说:坐下吧,你,齐文栋先生!你在临坐前赎罪般地说:吴敬梓……是吴敬梓——

白肉的原公社党委副书记站起来,浑身的肉一律下垂,多半瘫在细牛皮腰带上方,由三十二支纱青岛产圆领汗衫兜着,颤颤抖抖,如一包袱凉粉。他抓着一把粗的麻绳子,用力拉网,网兜浮上水面空空洞洞,一无所获。网缘上挂着一茎翠绿的水草。他低声嘟哝着,把网沉下水去。紫穗槐枝头上,有一只孤单的马蜂揺动着粉红色的肚子爬行。他用腊肠般的手指夹出一支香烟,按了一下电子打火机,气嘴里喷出哧哧作响的明亮火苗。他说:

"这是俺干儿给俺买的。俺干儿您认识吧?叫金星。"

你想起了少年得志的曾经的同学金星。他已经大学毕业,你还在中学里回炉。金星的干爹把一口冒着青烟的黏痰吐到绿色的湾水里,一条小鱼来吞吃。

"俺干儿分配到国务院当秘书!国务院!你听说了

吗？他抖着国务院的大章子，像茶碗口那么大！现在我要打官司没有个打不赢！俺干儿的老丈人是军级干部，家里有一座小洋楼，光楼上的窗玻璃就有上千平方米。"

在白肉书记的干儿颂中，你感到一种无名的恼怒和羞惭。村里都流传着，金星的娘是白肉书记的姘头。白肉书记又拉了一网，空网，只有清水下漓，连个鱼毛也没有，那茎水草挂在原处，绿得扎眼。白肉书记脸上有了愤怒，他骂道：

"娘的，泥菩萨放屁——神气！鱼都到哪儿去了？"

你从他用力斜过来的眼睛上，知道该走了。你觉得这个当年鱼肉乡里的新恶霸落到了亲自动手拉鱼的地步已是农民的洪福，尽管他天天拉鱼卖钱国家还要开给他每月近百元的工资。你痛感世道不公，过去你就这样想，所以你要上大学。想到大学，你凉透了。这时候村里支书来了。村支书已经被酒精烧红了眼睛，舌头也不太灵便了：

"老白猪！罾了多少？"

"连根鱼毛没罾着！"白肉书记说。

"乡里来搞计划生育，还等你的鱼下锅呢！"

"于大嘴来了吗？老子的鱼喂猫也不给他吃，这个大闺女养的王八蛋！"

"老白猪，别骨头不硬嘴硬啦，你不是当公社书记的时候了，褪毛的凤凰不如鸡。虎落平川遭狗欺！"

"老子当公社书记时，他姓于的天天给我端茶倒水，你这个小杂种还吃鸡屎呢！"

"我七四年就入党了！"村支书说。

"谁不知道你娘脱裤子给你换了张党票？！"白肉书记说，"老子入党时把脑袋别在裤腰带上，出生入死，老子的党票是用命换来的。你的党票是你娘解裤腰带换来的！"

白肉书记拉起罾网，网里有一只黑蛤蟆，瞪着两只亮晶晶的眼睛看人。白肉书记把网绳一松，罾网倾斜着落在水里。

"晦气！噗！晦气！噗噗！"白肉书记吐着唾沫说。

在那两丛紫穗槐间，罾网里的鱼闪烁着烂银般的活泼光芒。今天白肉书记一定是网网不空了，也许那天他的晦气真是你带给他的，他一头栽到湾里灌死才好！但立刻你的愤怒就平息，建仓和他的"老婆娘"用鞭杆和谷穗子撩起你的一串杂色的回忆戛然止住，你转过身，往南往前，疾走三步后，又开始了梦游。

现在暮色已经很沉重了，天地间氤氲着伸手即可触摸的淡紫色的薄雾，从疏朗的黄麻空隙里，你看到奄奄一息的太阳扁扁地坍塌在一抹峰峦般的绿云中。你因为坐在这个孤零零的、乳峰般的姑娘坟上，才能看到破碎的太阳。黄昏时的秋虫忧伤地鸣叫着，吱吱吱，唧唧唧，等等。你挖空枯肠也找不到能准确地模仿秋虫们歌喉的象声词了。你的脑子在发晕，轻微的眩晕，有一丝丝幸福感。包围着坟头也包围着你的黄麻秀丽挺拔、鹅黄色的茎秆上，逐级升高地对生着鹅掌状的层层绿叶，乳白色的五瓣薄花，均匀地缀在每一株黄麻的叶丫间，每株生花四五朵，花蕊艳红，风吹黄麻翻动时，无数花朵翩然，宛如群蝶飞舞。你的四周都飞舞着温柔寒冷如雪花般的粉蝶，粉蝶围绕着你飞舞也是围绕着黄草蓝花的坟墓飞舞。你清楚地记起了已经埋葬在坟墓里的她的模样：两只蓝色的又大又凄凉的眼睛，正头顶上一小撮雪白的头发，也许有三五十根吧，其余的头发黑得流油，村里的男青年给她起了个外号：花顶小母牛。现在你想起她来，确实感她像一头小母牛一样温柔善良，她的蓝色的眼睛里，永远放射着一种可怜巴巴的光芒。前年暑假里，一个沉闷的傍晚，你从棉花地里归来，你是去剪除棉花疯枝的，手里提着一把生锈的、弹簧失去弹性的"五莲山"牌果树修剪刀。在湾边上,你碰到了她。她从湾子里提上一桶水,灌在喷雾器里,她在给棉花喷药。你记得她很悲惨地对你一笑,问你:

"大学生,干什么去了?"

你通红着脸,说:"你别讽刺我,我没考上,我过了暑假再去回一年炉,我一定要考上了。"

她说:"对不起,我不知道,我只当是你今年就考上了。"

她低头弯腰,一起一伏地往喷雾器里打气。气筒子扑哧扑哧响着。

第二天早晨,你听到嫂子大惊失色地说:

"翠嫚喝了药啦!"

你当时正站在焦了梢的梧桐树下,手提着英语课本闭着眼睛,叽里咕噜地背单词——梯里秃噜放葡萄屁——这是嫂子隔墙辱骂你时的话。你很想做一个动作:一松手,半真半假地让英语课本贴着大腿,滑过小腿,落到地上。但你没有这样做,因为你除了心脏停止劳动半分钟外,并没有其他痛苦。你的神志很清楚,你看到肥胖得如同母猩猩一样的嫂子半是惊愕、半是兴奋、半是幸灾乐祸的表情青一块绿一块地涂抹在脸上。她的脸像一碟子臭气喷鼻的腌辣菜。你讨厌她肥胖得像丰满的臀部一样的脸上那两只紧靠在鼻梁两侧的混浊的眼睛，眼角上沾着豆青色的眼屎，薄如刀刃的唇护不住满嘴细小的、碎碎的牙齿。

"枉可惜的，一个黄花大闺女！"嫂子意味深长地看着你说。

嫂子用混浊的眼睛盯着你，极想同你对话。你知道她并不是忘掉了对你的刻苦仇恨，她仅仅是想找人对话，想倾吐肚子里的污秽不堪的同情和生了蛆虫的怜悯。

娘从屋里跌出来，灰发飘拂，面如锅底，满嘴里只剩下的一个孤独的长牙，随着说话时的气流灵活地运动。

"谁？谁喝了药了？"娘耳聋，说话好起高声，她希望别人对她高声说话首先就对别人高声说话。等价交换。礼尚往来。

"小翠。"嫂子说。

"谁？"娘往前靠了一步，用力仰起脸，像葵花向日般望着嫂子。

娘手里举着一根乌黑的烧火棍子，烧火棍白烟袅袅，像一根熄灭了的或正要燃烧的火炬。嫂子表现了空前的好脾气，第一次没骂娘是"老聋×"，她提高了嗓门，说：

"小翠！鱼生财家的闺女，喝药死啦！真糊涂啊，这闺女，好死不如赖活着嘛！"

娘"噢"了一声，挥舞着烧火棍，陀螺般转动着。"这个好孩子！"娘高声喊叫着，"这个好糊涂的孩子！前日过晌，还帮我挑了一担水。我摘下一根黄瓜让她吃，她说不吃，笑笑，就走了。"

嫂子横眉立眼，怒吼一声：

"啊！黄瓜！你从哪里摘的黄瓜？"

母亲停止旋转，身体蜷缩着，双手举着，好像准备投降，又好像准备反抗。嫂子飞跑到她家院子里——那里种着三架黄瓜——又飞跑着回来，骂声高亢嘹亮，词汇丰富多彩：

"老白毛！老贼……架上就那么一根黄瓜！我道是怎么天天开黄花，不见结黄瓜，原来出了家贼！你吃了我的黄瓜，满肚子生癌，癌死你这个老杂种！"

母亲求饶道：

"娜妮她娘，别骂了，让邻墙隔家笑话。"

嫂子说："啊呀呀呀！多新鲜！你还怕笑话？好汉做事好汉当，偷了黄瓜别怕笑话！"

母亲说："我没吃，我摘给小翠吃，人家帮我挑水，我心里不过意,就摘了你一根黄瓜,我年纪大了,挑不动,你和娜妮她爹又不给我挑。"

"出钱出粮,养着你们这些老祖宗小祖宗还不够?考了三年啦,钱一把一把地花,"嫂子仇视地盯你一眼,"连个大学毛也没沾上!俺娘家兄弟媳妇的兄弟,一年就考中了陶瓷学校,专门学着做茶壶茶碗花大盘。指望着兔子生骆驼?一岁长不成驴,到老是个驴驹子……"

英语课本擦着你的大腿,蹭着你的小腿,轻快地落在地上。梧桐树被盼树成材的母亲用尿浇得半死不活,一片死叶绝望地落下来。你的身体动摇,迫切需要依靠,这样,不是你想而是你的身体想,你就把背撞在梧桐树干上。树干皴裂的死皮挤进你的肉里,你的所有的意识在一瞬间像几束灰蒙蒙的光线粘在树皮与你皮肉的交接处,那里发出淫秽不堪的狎昵之声。你咬紧牙关,晃动着头颅,像落水狗甩动头颅想把沾在头上的泥水甩掉一样晃着脑袋,想把双耳里的肮脏的声音甩出来。你也确实把它们甩出来了,它们像鼻涕一样,呱唧呱唧贴到生满青苔的黄土墙上,黏黏稠稠地落在白露寒露湿漉漉的黑土地上。苍蝇尚未飞来你就听到了它们嗡嗡的叫声。又是几片金黄的死叶婷婷袅袅地落下来。金黄死叶下落,灰白意识上升。几抹浓艳的朝霞射在梧桐树干枯的树梢上,枯枝涂金抹银,宛若天国之物。你的鼻子又痒又酸,你想哭。又一片更加金黄的死叶羽毛般飘下来,好像安慰与温存。你期待着它落在你贫穷落后的额头上。上天显灵。它端端正正地覆盖了你的额头并遮住了你的两只史前动物般的眼睛,你的眼前一片黑暗。你感觉到体内血声喧哗,黑暗下落,欢乐上升。你听到又是一片死叶滴零零地落下来……"老贼!"嫂子的骂声。小翠、鱼翠翠。鲜艳华丽的翠鸟的羽毛般的朝阳把一切都染遍了。母亲拖着烧火棍,点头哈腰地钻进洞穴般的黑屋子里去,嫂子还在詈骂,你呜呜地哭着,羞答答地转了个身,把你的荒凉贫瘠的额头抵在梧桐树粗糙的树皮上。母亲又从洞穴里钻出来,左手持着半根焉黄瓜,右手依然拖着烧火棍。

"还剩下半根,娜妮她娘,还给你吧。"母亲说。

嫂子一把夺过黄瓜,眼泪汪汪地说:

"还浑身带刺,正长着呢,让你给摘了。"

母亲说:"那半根我没吃,叫娜妮吃了,我没牙,想吃也咬不动。"

嫂子狠狠地吐了一口唾沫在地上,用穿着一双断带的白塑料凉鞋的脚使劲跺了几下那口唾沫,紧攥着那半截黄瓜,骂不绝口地走了。

"永乐啊,"娘走到你身后,战战兢兢地用烧火棍戳戳你的背,"别难受了,立志吧,今年考不上,过年再去考,只要功夫深,棒槌磨成针。你哥你嫂也就是骂我几句,骂去吧,我聋,听不见,她不嫌累就骂,反正她不敢打我。别恨你哥,他怕老婆,庄户人家讨个老婆难,女人贵重,谁不怕也不行,怕婆子骑骡子。小翠真糊涂,怎么就想不开呢?有人有世界,没有过不去的河,有享不了的福,没有受不了的罪。你腿快,拿两毛钱,买一刀纸,送到她家去吧,不枉了好一场……"

后来,你果真涉过欲断不断的河流,爬过生满蒺藜的河堤,到供销社里买了一刀纸。这种纸农村妇女生孩子使用,高级人员擦屁股使用,给死人烧纸钱也使用。纸有两色,红的,白的。你本想买一刀白的,售货员非要卖给你红的不行,你只好买红的。你在买纸送纸的过程里一直在费劲儿地揣摩着母亲那句漫不经心的话:拿两毛钱,买一刀纸,送到她家去吧,不枉好了一场。你想难道我跟她好过一场吗?跟她,鱼翠翠,顶脑门上有一撮白发的鱼翠翠,一个比我大七岁的姑娘,好过吗?难道那就算好过一场吗?你踏进她的家门时竟有惶恐之感,好像为了赎罪才来为死者送纸钱。鱼翠翠的娘早死了。她的爹端坐在院子一角的碎砖烂瓦上,面无活人表情。他敞着怀,袒着煤炭色的胸膛和肚腹,肚脐之上有一道鲜红颜色蜈蚣形状的疤痕。她的两个枯木朽株般的哥哥,一个蹲着吧嗒吧嗒抽烟,一个站着吧嗒吧嗒抽烟。你走进院子,为了免除尴尬,夸张地把那刀红纸举到肚腹前,叫一声爷爷,叫两声叔叔,你说:

"俺娘让我给翠姑姑送刀冥钱……"

小翠的爹双泪齐流,这么个干柴棍般的老头,竟有如此大量的、清泉般的泪水,不由你不惊讶。

"翠呀!翠呀,你可把俺杀利索啦!"

老头子哭得神魂颠倒,眼泪鼻涕,成行成串地滴到肚子上的刀疤上。蹲着的哥哥把烟袋锅子往地上磕磕,骂道:

"这个混蛋!这个混蛋!"

蹲着的哥哥把烟袋锅子往地上磕磕,骂道:

"这个混蛋!这个混蛋!"

站着的哥哥蹲下去双手抱着花白的脑袋,一句话也不说。你把那卷草纸放在窗台上,从豁得稀烂的窗棂间,看到了小翠胀鼓鼓的身体。她的脸青紫,像个经霜的茄子,头顶上那撮白发,散射着银子般的光泽。你突然也感到万念俱灰,生和死原来只隔着一层薄薄的窗户纸,奋斗,成功,不奋斗,也不成功,都是同样结局,到头来都是一具直挺挺的僵尸，哪怕你机关算尽太聪明，哪怕你蠢笨如牛遭侮弄，死亡会使每一个人心平气和。但你还是感到冰冷的恐怖，虎死如羊，人死如虎。你逃离了她家破败的院落，跑上了大街，街上一群一丝不挂的男孩子正在打土仗。他们采来苘叶包着土，冒充炸药包。一个这样的"炸药包"在一个小男孩的头上爆炸了，沙土流到他的头上，他晃晃脑袋，全然不顾，奋勇还击着。你绕道走，躲过了战火炽烈的街道。适才那个虽受重伤但继续战斗的男孩尖嘴缩腮，无法判断年龄，生命力顽强。寒冬腊月他也是光着屁股，冬天嗜食冰凌，皮肤上挂着一层鳞皮，与砖石摩擦时籁籁有声。你知道这个男孩擅长攀登，除了上不了月亮他哪儿都能上去。这孩子是儿童群里的领袖，人人惧怕三分。你亲眼见到过男孩脾气暴躁的爹在男孩面前败得落花流水。男孩的爹打了男孩一下，男孩就从地上抓一把沙土按到嘴里，一连吞食了十几把沙土，呛得白眼青眼翻腾不迭。孩子的爹说：祖宗，你随便吧，爹再也不管你啦！在那个漫长的暑假里，你处在犹豫彷徨的痛苦之中，你在灰暗阴冷的鱼翠翠和明亮灼热的吞沙土男孩之间走着一条弯弯曲曲的、布满陷阱的道路。那个暑假多雨而闷热，雨水泡胀了泥土，从云缝里偶尔钻出来的太阳又像捞本儿似的拼命地散发热量,土地像酱缸一样发了酵,阴郁的蛤蟆和爽朗的青蛙昼夜欢唱。你睡在灼热的火炕上,也感觉到生活在水泽中,逼人的湿气使你的骨头都生了锈。棉花、黄麻、高粱都长疯了,植物在闷热多雨的反常气候里,患了一种癫狂症。症状是生长生长不顾一切地生长。棉花蹿了一人高还在上蹿,疯枝子鲜嫩如芹菜,像一丛丛白蜡条,任何一个花蕾也休想长成一颗棉桃。黄麻就是从那一年开始开花,开花表示着优良的杂种优势退化殆尽;那一年之前,人们还一直认为黄麻是从来不开花的。遍野美丽的黄麻花盛开,像一个巨大的不祥之兆像沉重的石头压迫着这群懦弱、愚昧的农民。还有高粱,你忘不了高粱茎上生满了暗红色的须根,此根嫩极,据说可炒食,但无人尝试。那时你对绿色还是充满好感的,后来你才发现绿色是那样肮脏、无耻,你对它的反感不但有心理原因还有生理原因,而且,你也知道,谁也无法改变你对绿色的深恶痛绝。

在那个窗外雨声阑珊、阴冷潮湿的中午,母亲四肢蜷缩着,堆在墙壁旮旯里的麦秸草里,像老母鸡一样打盹,从她的嘴里,咈咈地喷出节奏分明的冷气,成群结队的跳蚤在她身上跳着,跳蚤又肥又大,像一粒粒炒熟了的芝麻。墙上粘着密集的苍蝇,遮得像挂了黑釉般的老墙壁斑驳陆离。你打了一个哈欠,脑子里电石火花般一亮:要干点什么事情,是,有一个声音在催促你。你的目光最终滞留在鼓鼓胀胀的书包上。就在那个中午连着下午你写出了一生中最富文采的文章,但你不知道自己干了点什么。很多年之后,终于有人发现了你的日记,就像那孩子在沙滩上发现那颗珍贵的琥珀一样。

1984 年 8 月 12 日

雨

星期?

我烦闷。我压抑。我痛苦。我仇恨。我嫉妒。我浑身发痒,胳膊上肚皮上布满了跳蚤咬出来的红色小疙瘩。

你咔嚓咔嚓地搔着胳膊和肚皮、大腿和屁股,一只跳蚤在你手背上疾速地爬动着,当你刚要伸舌去舔住它时,它却蹽足一蹦,落到你的珍藏了多年的笔记本洁白光滑的纸面上。你伸出沾了湿唾沫的手指,想把它按住,但它又蹦了。你的思维比跳蚤的动作要慢一秒。跳蚤在黑暗中像子弹射来射去,墙角像鬼火般闪烁着的是老鼠的眼睛,它们把家里除了瓷器和铁器外的家什全都咬过了。一个老鼠从母亲肚腹上爬过去,母亲浑然不觉,老鼠无动于衷。我恍然觉得母亲变成了一具木乃伊，没有生命，没有感觉，没有一点点水分。窗外雨脚如麻，院子里的向日葵东倒西歪，田野里蛙声如潮，此起彼伏。在蛙声和雨声混合成的浪潮中，我昏昏欲睡，冰凉的潮气掺杂着青蛙肚皮下的腥味和泥水的腥味涌进屋子，我的头脑灼热身体却在颤抖，跳蚤的身体灼热头脑冷静，它们的身体在冷热不均匀的气团中膨胀变大，芝麻——黄豆——枣核，膨胀到枣核大时便定型，跳跃，而且嚎叫，叫声很尖厉，酷似阳春三月儿童们口中的柳笛和芦哨。我感到临界癫狂，因为跳蚤太冷静。它们叫着，跳着。它们跳跃母亲的身体时像跳跃舒缓的山脉。老鼠有一瞬间是僵持在母亲的肚腹上不动的，它轻松地抽动着尾巴梢子，把一串串的跳蚤抛出去，从它尾巴上甩出去的跳蚤总是恋恋不舍地爬回老鼠的尾巴上去，好像遵照着人类的格言行动：在哪里摔倒的，就在哪里爬起来！老鼠像丘陵上的一片黑色的森林，跳蚤像森林中的成千上万只鸟。跳蚤像弹丸般射来射去：射到老鼠上，射到老鼠下，射到老鼠前，射到老鼠后，射到老鼠左，射到老鼠右。跳蚤在母亲的紫色的肚皮上爬，爬！在母亲积满污垢的肚脐眼里爬，爬！在母亲的泄了气的破气球一样的乳房上爬，爬！在母亲的弓一样的肋条上爬，爬！在母亲的瘦脖子上爬，爬！在母亲的尖下巴上、破烂不堪的嘴上爬，爬！不是我亵渎母亲的神圣，是你们这些跳蚤要爬，爬！跳蚤不但在母亲的阴毛中爬，跳蚤还在母亲的生殖器官上爬，我毫不怀疑有几只跳蚤钻进了母亲的阴道，母亲的阴道是我用头颅走过的最早的、最坦荡最曲折、最痛苦也最欢乐的漫长又短暂的道路。不是我亵渎母亲！不是我亵渎母亲！！不是我亵渎母亲！！！是你们，你们这些跳蚤亵渎了母亲也侮辱了我！我痛恨人类般的跳蚤！写到这里，你浑身哆嗦像寒风中的枯叶，你的心胡乱跳动，笔尖在纸上胡乱划动，纸上留下了奇形怪状的线条，极像你的心灵运动的轨迹。战抖过后，你感到全身疲惫，腹中十分饥饿，嘴里洋溢着一股金子般的滋味。你又拿起了笔。我听到了涨水的墨水河发出狮子吼叫般的声音，我闻到了水蛇和燕子的腥气，并为田野里的野兔子、田鼠、刺猬、獾、狐狸担忧。写到这里时，你被一声沉闷的响声惊起，握着笔，你思索片刻，心绪平静如初，便又伏下身去，你立刻想到的是，众人把盛殓着鱼翠翠的水泥棺材吊下墓穴时，穴壁坍塌的沉闷声响。

　　鱼翠翠出殡那天，我也被拉去抬棺材，我猛然想到自己已经是二十二岁的男青年了。鱼翠翠的棺材是用水泥制成的，据说是用了一个"行将入水泥"的老人的棺材，这个老人是她的爹。依着鱼老大和鱼老二的意见，这个给家庭带来重大损失的丧门星根本不配用棺材，从炕上揭领破席，卷出去埋掉就是了。一定是老头子坚持不许，鱼翠翠才进了水泥棺。我被鱼老二牵到他家院子里，一进土门就闻到了出类拔萃的尸臭。怪不得把我拉来抬棺，原来是人们怕遭了邪气不敢来。我深切地感觉到我有为她抬棺的必要。母亲不是说：不枉好过一场吗？也许是我真的跟她好过一场，那也就算是好了吧！

那年我十四岁，小学刚毕业。也是暑假。你立刻回到了大少年的时代，变成了一个干瘦漆黑的孩子。鱼翠翠那年二十一岁，她穿着一件一毛三分钱一尺的薄布制成的又瘦又短的半袖褂子。布的质量很差，半透明，有一些红色的格子印在上边。队长分配我给她当助手，给全村的人服"脾寒药"，是预防疟疾的药。我提着茶壶茶碗，她拿着药瓶子，两个药瓶子，一个瓶里装着红色小药丸；另一个瓶里装着白色小药片。我那时认为她身高马大，后来她渐渐萎缩了。村里人对这种"脾寒药"畏之如虎，拒绝服用。队长对我们说：一定要让每一个人都吃，不许你们把药扔掉。我们的任务很艰巨。最繁忙的时候是生产队长在铁钟下派活时和晚上记工时，最顺从服药的是四类分子。有一天上午我们去给一个老太婆服药。老太婆正在用她残缺不全的牙齿咀嚼玉米饼子。她坐在树荫下一个草墩子上，地上铺着一张黑狗皮，狗皮上躺着一个黄色的小男孩，狗皮前放着一个蓝碟子，碟子里放着一撮红糖。大娘，你服脾寒药吧。鱼翠翠说。老太婆吓得面如土色，连连摆手，呜噜呜噜地说：翠呀，你大娘没病没灾的，服什么脾寒药，俺一辈子还不知道发脾寒是什么滋味。小翠说：没发脾寒才要服脾寒药，发过了就不要服啦。老太婆忙说，我发过，发过，一年发一场。看来她是死活不会服啦。我望望鱼翠翠。鱼翠翠望望顽固不化的老太婆。老太婆吧嗒着嘴唇说：小翠呀，你什么时候出落成了一个这么俊的大闺女啦，才几天啊，你还挂着两条清鼻涕，吸溜吸溜的，像扒面条一样。小褂子也俊，看看你那怀，胀鼓鼓的，该出嫁了。鱼翠翠羞答答地站起来，说：大娘，你对人可要说吃过脾寒药啦。老太婆说：放心，放心。鱼翠翠说：永乐，咱们走吧。老太婆在骂鸡：臊×，浪到哪里去啦，也不来家下蛋。

我跟着鱼翠翠拐进了另一条胡同。这条胡同人称绝户胡同，几家五保户死掉后，无人敢来盖屋。旧屋的废墟上，种植着一片茼。茼叶大如莲叶，遮住了阳光。鱼翠翠说：进去歇歇吧。我跟着她钻进茼地，见中间有一小片苘被糟蹋了,地上铺着一层柔软的苘叶。鱼翠翠坐下了,我提着茶壶直棒棒地站着。她说:放下茶壶,坐下吧。苘头上开放着小朵的黄花,苘地外槐树上的蝉吱吱地鸣叫,天气闷热。鱼翠翠问我:你不热吗?我摇摇头。她说:坐下吧。我坐在她对面。她问:我真的挺俊吗?我抬起头来,看着她红色的脸庞上湛蓝的眼睛,一阵寒战滚过全身,我的牙齿频繁撞击着:俊……你俊……她问:你怎么了?你也发脾寒了?我忽然有了勇气,说:奶子……你的奶子……她的脸涨得要出血,抬起臂护住胸。但是,我适才从她的小褂子上那两颗按扣之间折开的缝里,看到半只白色的乳房。她说:我还把你当成啥都不懂的小孩子呢,不敢跟你在一个被窝里困觉了。我羞愧地低下头,但那奶子,白色的,膨胀的,就像罪恶一样吸引着我。我非常想抚摸它一下,非常想。我说:翠姑,翠姑,让我看看……让我看看吧……她说:谁家好看奶的?……那,让你看看吧……别跟人家说,谁都不能说啊……她撕开褂子,把那两个白馒头给我看。我看了一眼,心里就生出罪感,一团无法解脱的犯过罪的阴云,从此笼罩了我。我跑出苘地。从此之后,一看到她的影子,我便感到恶心,像怀里揣着个蛤蟆一样不舒服……

晚霞漫上来。黄麻花像挂在黄麻茎叶间休憩的彩色蝴蝶，天地宁静，庄严神圣。你现在回忆起十年前苘地里的奇遇，罪感消失了，你感到一丝撩之不去的蛛网般的遗憾，一点点甜甜蜜蜜的温暖忧愁。两年前你躲在家里写日记时的心情与现在大不相同。那时候一想到鱼翠翠的胸就想起她的自杀，你感到痛惜，内疚，仿佛你参与了杀害鱼翠翠的帮伙。现在，那两坨你只瞟了一眼的肉的形象温暖地浮过来又温暖地浮过去，你渴望抓住它，就像抓住人世间最后两点希望的把柄一样。但你抓不住它们，它们滑溜溜的，像涂了一层油的玻璃球体。你坐在它们的主人的坟头上，就像坐在她身上，是什么力量把你吸引到这里来的呢？你恍惚记得，下午，你是漫无目标地逃到野外来的，你只是想宁静一点，也怕服毒之后污秽的呕吐物玷污了母亲的房屋。可是，当你一坐下来时，在那片刻的清醒状态下，你发现自己站在两年前喝农药自杀的鱼翠翠坟墓前。

她是喝了"一〇五九"身亡的。

你裤兜里也装着一小瓶剧毒的"一〇五九"。

于是你明白了，一切都是命中注定。十年前她向我显示她那两件宝贝时，就决定了今天，我就加入了她的同盟，你想。你想了很久，比较了很久，承认鱼翠翠是唯一的、真正给过你一点温暖的人。你想应该立份遗嘱，让活着的人们把自己的尸首埋在鱼翠翠的墓穴里。鱼翠翠会答应吗？她如果另有所爱呢？她一定另有所爱。那苘地里的场所就是她与情人相会的安乐窝。她为你袒露胸怀在你看来是惊天动地的大事，你历经十年还记忆犹新，可是她呢？她也许早就把这件事忘得干干净净了。你叹了一口气，想站起来，但立不起来，遮遍鱼翠翠的坟墓的藤萝蔓子用最快的速度缠住了你的双腿，最后一抹惨淡的血样霞光消散在黄麻地里，黄麻花变成了血蝴蝶。你从裤兜里掏出那一小瓶农药，"一〇五九"。沉甸甸地坠手。拧开药瓶盖时，你的心很平静，你的手也准确有力，连半个哆嗦也没打。一股浓烈的腐烂水果的香味从瓶里溢出来，你的眼泪顿时盈满了眶。

借着最后的霞光，你看到这股浅黄色的水果香味从瓶口里袅袅上升着，在你的头上二尺高处，形成了一个小小的华盖。从欧洲飞来的肥大的黑蚊星星般跌落下来。这药的毒性好大啊。你的手哆嗦起来了，握住药瓶的手指火烫般痛苦。你举瓶子，你的胳膊酸麻，像举一块千斤重石。你感到剧烈的头晕和恶心，嘴唇刚刚靠近瓶口时，你的脑袋像被利刃划开，灌进了清凉的风。大青山上卧白云，苦莫苦过人想人。你透过浓重的毒气，仿佛嗅到了"冬妮娅"额头上经常抹的"万金油"的清凉味道……"冬妮娅"是唯一的读过你前年暑假里写下的漫长日记的人。日记前半部分追忆了与鱼翠翠在苘地里的准幽会过程,日记的后半部分更像一篇中学生惯做的记叙文。文章记叙了你参加殡葬鱼翠翠的过程和围绕着鱼翠翠尸首发生的一些争执。

为了抵御鱼翠翠尸体的恶臭,我们都把喷过烧酒的毛巾捂到嘴巴和鼻子上,又酸又辣的酒气刺激得我鼻腔发痒,眼睛流泪。我看到前来抬棺材的人都眼泪汪汪。我知道我流眼泪并不是因为难过。棺材已经停放在泥泞的院子里,鱼翠翠的爹哈着腰在院子里走,脸上肉都死了,没有表情。鱼家二兄弟没用毛巾捂嘴,也没有流眼泪。看看人到齐了,鱼老大站在院当中,哑着嗓子说:

"诸位兄弟爷儿们,家门不幸,出了这么个丧门星,帮着抬出去埋了吧,鱼老大鱼老二记你们一辈子!"

鱼老大流出两行泪。这也绝不是为鱼翠翠之死流的泪。众人说,快点招呼起来吧,广播里说午后还有雷阵雨。扁担绳子都在墙角上堆着,七手八脚拿了来,左一道右一道地把棺材捆起来。串好杠子,王三爷说:

"都照量照量,站站位。"

一共八个人,四根杠子。大个吴元义对我说:

"大学生,站前头吧,我让你一尺杠子。"

大家都站好了,王三爷说:

"起!"

我用力直腰,站起来了。

王三爷说:

"走!"

我摇摇晃晃,立足不稳。王三爷上来,援了我一只胳膊,我才站稳了。小翠好重啊,你压得我的骨头咯吧咯吧响。走到街上,泥水淹没脚面,我一只鞋子被剥掉了,也不敢吱声,咬着牙关挺着走。远远的有一些女人,站在墙边、门口,沾不着泥水的地方,看着这冷冷清清的殡葬队伍。走到半道上,大家都一齐喘息着。道路更加泥泞、狭窄,稍有不慎,就会滑到湾里去。湾边上生着葱葱绿草,水面上浮着一团团牛粪状的漂浮物。

王三爷说:

"歇歇吧。"

我迫不及待地想扔杠子,王三爷说:

"慢着点放,垫上木头。"

鱼家兄弟每人抱着一节木头,放在前头一块,放在后头一块。放下棺材,大家都抻着脖子努力喘息。阳光射破重云,照得半湾通亮。黑云边上镶着银边。太阳一忽儿就没了，天上打起血红的闪来，雷声在很远的地方响着。我怕极了，想想又不知道怕什么。王三爷说：

"走吧，多歇无多力！"

大家站稳了脚跟，半蹲下身，憋足了气，等着王三爷喊号子。王三爷一声号令，就听到叭喳一声响。细看那棺材，从中间断开了一条纹，鱼翠翠的臭气从那缝里凶猛地钻出来。大家面面相觑一阵，最后把目光集到王三爷脸上。王三爷用袖子捂着嘴，低头察看棺材，抬起脸来说：

"不能抬了，这棺材没用钢筋，净用些烂铁条。不能抬了，再抬就断两半截啦。"

鱼老大慌成一团，哀求着：

"三叔，三叔，您老人家想个法子，天生不能把她搁在这儿。"

王三爷说：

"你们再去弄口棺材？"

鱼老大说：

"三叔，到哪里去弄棺材？一口水泥棺材也要好几百元！"

鱼老二打断他哥的话，说：

"唠叨什么！掀到湾里去算啦！"

王三爷立刻拉长了脸，不看鱼老二却看着鱼老大，气呼呼地问：

"老大，真要掀到湾里去？"

鱼老大怒骂几声鱼老二，转过来赔着硬挤出来的笑脸说：

"三叔，您别和他一般见识。入土为安，她也不配用两口棺材，掀到湾里臭一湾水。将就着这个破棺材，好歹糊弄到坟里。"

王三爷哼了一声，说：

"我以为着真要掀到湾里去哩。"说完这句，狠狠地瞪了鱼老二一眼，接着说："家去找两根木头来，长一点的，直溜一点，托着材底，用绳子揽着，兴许能糊弄到。"

鱼老大和鱼老二飞跑着去了。大家为躲臭气，全都扔了杠子，跑到上风头里，有一句没一句地磨牙斗嘴。众人的话下流不堪，不记。鱼家兄弟抱着两根木头，踉踉跄跄地跑过来。收拾停当，又打棺起行。道路艰难，我的另一只鞋也掉了，赤脚踩泥，反而增添了保险系数。挖墓穴的人等急了，跑到路上来接应我们，于有庆钻到杠子下，把我换了下来，我万分感激地望着他宽阔的脊背，揉搓着肩头，跟在棺材后头走。墓穴挖在一块黄豆地中央，是鱼翠翠家的责任地。鱼老大战战兢兢哀求着：

"兄弟爷们，小心着点豆子。"

抬棺的人正在泥里水里死命挣扎，哪里还顾得上他的豆子？连绵不停的涝雨把土地都泡瀸糊了，肩上负重，泥沙陷到膝盖，棺材底子贴着地面，一点点往前拖。上边一片喘息声，下边一片扑哧声。挖好的墓穴里，早渗满了半穴水。大家放下棺材，远远地绕着墓穴站着，好像怕陷进墓穴里似的。王三爷看看鱼老大，鱼老大看看王三爷，彼此无言，片刻。鱼老大长叹一声，说：

"三叔，这也是命里注定，没法子的事。"

王三爷也叹口气，说：

"只得这么着了！大家伙儿靠前吧！"

撤了杠子，大家赤手攥着绳索，把棺举起来，小心翼翼地往墓穴边挪动，松软的泥土渐渐往里合着，墓穴渐渐缩小，浑黄的水几乎满了穴。鱼翠翠的棺材是掉进墓穴里去的，水花缓慢地溅起来，又缓缓地落下去。四散开的众人又合拢上来时，棺材已沉到水底，水面上噗噗地冒着一串串紧张的泡沫。我抬头观察众人，发现每一张面孔上都挂着轻松的表情，我的心也随着释然了。

鱼翠翠，曾经将你的珍宝般乳房示我的鱼翠翠，你从水里来，回到水里去，纵有千种风情，更与何人说！安息吧！鱼翠翠在水中。穴壁终于坍塌了，水声响亮穴里水漫上来，流到人们的小腿上。大家都腾跳着躲闪。开挖墓穴的男人们不避秽水，操起铁锹，把黑色的泥巴铲进墓穴里去。由于稀泥滑溜，到底难堆成一个坟头。王三爷宣布收工，留下的工作只好等天凉地干之后，由鱼家兄弟来完成了。回来的路上，暴雨如注，雨柱如漂游不定的栅栏，如密密麻麻的网。同行人个个紧缩脖颈，任冰冷的雨鞭子抽打头颅。后来又发生了这样的事：邻村有一姓杜的青年，在鱼翠翠落葬三天后，喝了半斤剧毒农药"呋喃丹"，送到医院，人早就死定了。检查遗物时，发现两封鱼翠翠写给他的信。杜家老人爱子心切，托人来鱼家说媒结"阴亲"，鱼老大张口就要一千元，反复讲价，鱼老大死不松口。杜家生活并不富裕，原想花个五十六十的，将鱼翠翠尸身买过来，与儿子同棺合葬，也不枉了为人父母一场，哪知鱼老大如此阴毒，杜家父母的热心也就冷了。何况，暑热天气，尸首放了三天，那肚子就如气球般鼓起来，看看要炸的样子，于是草草收敛，抬出去埋了。一段好事，到底没成。窗外还在下雨，鱼翠翠已经烂成稀泥巴了。

走进这片美丽的黄麻地之前,你行走在一块辣椒地里。那时候阳光还好,藏在黑绿的叶片下的辣椒像一串串凝固的血泪,也像一串串沉重的叹息。成串的血泪,密密麻麻的叹息,把半个县的土地都盖遍了。学校雇用的个体户大客车满载着千奇百怪的考生飞驰在学校通县城的公路上,路两旁成片的辣椒源源不绝地退去,又源源不绝地流来。那时候辣椒顶部正开着白色的小花,辣椒底部悬挂着小公狗生殖器形状的绿椒子。狗鸡巴辣椒。村里人用这个叫法区别这种可制颜料的辣椒和别种辣椒。辣椒地似乎永无尽头,垄间弯腰锄草的女人们直起腰来往路上望着。你不敢走神了,已经是第五次参加高考了,胜负在此一举。成者王侯败者贼!你坐在大客车尽后头的座位上,你的身边挤着四个呆鸟般的男同学,女同学像什么呢?你不愿胡思乱想,你要求自己意守丹田,收束住心猿意马。大客车布满尘土,浑身颤抖。学校为了省钱雇用个体户的破车,个体户为了赚钱购买公家淘汰的破车。车声隆隆,筛糠一样抖动,你感到小腹下坠,直肠紧张,有排便的感觉,其实无便,你知道患了"高考综合征",要想痊愈只有放弃高考。路上车辆很多,汽笛尖声嘶叫,黑烟黄尘一股脑儿从车窗涌进来。车窗玻璃残缺不全,机关生锈,无法关闭。坐在你前边的一个女同学涂满发蜡的脑袋上粘了一层金粉般的尘土,丑陋肮脏,招来苍蝇,苍蝇飞上去就粘住了,抖着翅膀挣扎。临近县城,路沟里汪着从皮革厂里和罐头厂里流出来的乌黑颜色、臭气熏天的废水,大家都掩了鼻子,高级的用干净的小手帕掩鼻,不高级的把嘴巴扎进袖筒里。你自然把嘴巴扎进袖筒里,好像要躲避呛喉的寒风。道路忽然拥挤起来,客车起初还鸣着喇叭,摇摇晃晃地往前挤,后来干脆就停了。前后左右车喇叭响成一片,同学们焦虑不安地嗡嗡叫着,靠车窗的都把脑袋从破玻璃伸出去好像鸡笼里引颈就食的鸡。司机拉上车闸,让引擎不死不活地喘息着。拉开车门他跳下车去,两只粘满油泥的白手套从车外飞到驾驶台上。学生们绝大多数蠕动起来,只有极少数冷血学生还稳稳地坐着,闭着眼,嘴里咕咕噜噜地响,半像背书半像咀嚼食物。王强用力拍打着刘长安的屁股,着急地问:怎么回事?怎么回事?刘长安缩回头来,说:交通堵塞。带队的方老师弓着腰站起来说:安静,同学们,安静,我们下午三点才参加考试,时间足够,大家抓紧时间,想一想学过的知识,脑子里过过电影。司机爬上车来,嘴里骂骂咧咧,听不清骂什么。同学们见他上车,以为车要开动,禁不住要欢呼,呼声还未冲到嘴唇,却见司机一按机关,熄了火。方老师凑上去问:师傅,怎么回事?司机擤了一把鼻子,鼻子立刻黑了。他说:前边修路,谁知道是不是修路,也许撞了车,也许不知是哪里的王八蛋在设卡子收买路钱呢!方教师抬腕看看表,焦急地说:师傅,您知道,咱可耽搁不起啊。司机睁着大眼睛说:我有什么办法,等着吧。他点上一支烟,白色的烟雾围绕着他的黑鼻子盘旋着。路上车辆越集越多,放屁般的拖拉机声把天都震破了。你和同学们渐渐混沌起来,一张张脸都布满褐色的云。方老师频频看表,脸上的冷汗像透明的露珠一样,扑簌簌往下流。老师,再不走我们就赶不上啦。老师,我们往那儿跑吧,我认识路。同学们吵成一窝蜂,你沉默着,沉默呵,沉默呵!不在沉默中爆发,就在沉默中灭亡。方老师掏出洁白的手帕揩着脸上的清汗,可怜巴巴地问司机:师傅,什么时候才能开出去!司机说:等着吧,阳历年前保险就开出去了。方老师认真地想了一会儿,说:那不行,那不行,今日才是7月9号,到阳历年还有四个多月。老师,等到阳历年,大学生都放寒假啦!黄瓜菜都凉啦!岂止是凉了?都结冰啦!老师,我们要求跑步去县城。耽误了考试你要负责!你负不起责!司机一撅按钮,车门咯咯吱吱地开了。学生们蜂拥下去。方老师高喊着:

同学们呐，注意安全！注意安全！同学们！你裹在洪流里滚下了车，身不由己地往前跑。拖拉机。客车。地鳖子车。地鳖子车上坐着一个大肚子男人。地排子车。马车。毛驴车。卡车。北京吉普车。挂斗卡车。小推车。自行车。面包车。这辆面包车也是用计划生育罚款买的吗？你的眼前晃动着各色的铁甲板，大大小小的轮胎，赤裸的黑白脊梁；你的耳朵里混杂着各种各样的机器声和喇叭声，牛叫马嘶人骂娘等等也混杂在里边；你的鼻子里充斥着脏水沟里的污水味道、煤油汽油润滑油的味道、各种汗的味道和各种屁的味道。小姐出的是香汗，农民出的是臭汗，高等人放的是香屁，低等人放的是臭屁，（"有钱人放了一个屁，鸡蛋黄味鹦哥声；马瘦毛长奔拉鬃，穷人说话不中听。"）臭汗香汗，香屁臭屁，混合成一股五彩缤纷的气流，在你的身前身后头上头下虬龙般蜿蜒。你知道要毁了，踢蹬了，这是最后的斗争，电灯泡捣蒜，一锤子买卖，发生在公路上的大堵塞，是每个进县赶考的中学生的厄运。你的呼吸不畅，胸口憋闷，头晕目眩，喉中有蛔虫，急欲一吐为快。主啊！东山再起死灰复燃的耶稣教徒刘圣婴拄着拐棍提着水罐子踮着那条被坚信无神论的共产党员儿媳妇肖飞燕打瘸的腿，蒙难耶稣般地往家里走，一边走一边唱：主耶稣，在天之父，速降法术，驱灭妖孽，阿门！你也在心中暗暗呼叫：天啊！我的上帝！阿门！第三天（？），上帝说有光，于是就有了光。上帝说交通堵塞于是就交通堵塞。上帝就是你自己！你胡思乱想着，紧随着你的惊枪野兔儿般的同学们，钻着空子往前蹿。犹如一盘散沙，犹如一个茅坑，犹如一群羽毛未丰的雏鸡。路边聚集着的石灰被踢腾起来，灰烟迷眼呛鼻，对面不见人，拖拉机的烟囱里喷射着黄豆大的火星。你的同学在一堆土豆里摔了一个狗抢屎，这就是躐等跃进欲速则不达快就是慢的可耻下场。他打了几个滚，从土豆堆里爬起来，不辨方位胡乱跑，与你撞个满怀，他揉着被撞痛的胸脯你揉着被撞酸的鼻子，斗鸡般对视了数秒钟。他妈的！你恨恨地骂，你并不是骂他，他却恶狠狠地骂你：你妈的！你委屈地摆摆头，绕过遍地翻滚的土豆，继续往前跑。那辆五十五马力的拖拉机挂斗挡板被撞破，成群的土豆争先恐后地倾泻下来。你绕过一辆摩托车，看到骑手戴着巨大的头盔，外星人一样笨拙地转动着头颈。一头拉车的母牛在车辕里劈腿撒尿，尿水溅到摩托车骑手的脚面上他却浑然不觉，一辆装潢漂亮的面包车前半截下了路沟，车头抵到一棵树上，你看了一眼车尾巴上贴着斗大的红喜字，咬着牙根暗骂一句：这棵该死的树！一定是哪家达官显贵的儿子结婚或女儿出嫁。新媳妇穿着夺目鲜艳的红绸子袄，头上珠光宝气，脸上污泥浊水。你们跑，钻，像烟一样，像尘土一样，像气味一样，用五十分钟时间钻出了三公里车辆阵，你们都像从梗阻住的肠道里钻出来的蛔虫一样，灰黄灰黄，没有一点血色。大家都靠在路边杨树上喘气，有手表的同学抬抬腕，说：不急，刚 12 点，还有三个小时。学校在旅馆里包了房间包了饭，咱们要等着方老师。有一部分同学不同意等，有一部分同学坚持要等，两部分同学争吵着。你手扶着树干，离水鱼儿般困难地喘息着，心脏像颗乒乓球，噼噼啪啪撞着胸，汗透衣衫，虚弱，口干舌燥，你第二次想到：毁了！这第五次高考，八成又要毁了！一想到失败，巨大的恐惧袭来，你感到肛门括约肌抽搐几下，一线热乎乎的东西流了下来。痔疮大发作，你是老痔疮。四处无高秆作物，更无厕所，你无可奈何，用力夹紧大腿、不敢看人，好像同学们正在窥测着你的秘密。一只瘦小的红蚂蚁拖着一只比它的身体大几十倍的绿虫子在树干上挣扎着，绿虫子的尸体粘在杨树皮上，蚂蚁拖不动。你看到小蚂蚁弃虫而去，一边爬一边回首，触须摆动，好像在说：好小子，你等着，等着吧，我回家找俺爹去。方老师从车缝里挤出来了，洁白的额头不知撞到了谁家漆未干的汽车上，葱绿一片，严肃得可怕。方老师喘息着，掏出花名册，大声点起名来。又一批车辆拥上来，焊接到堵塞车团的尾巴上，车声喧哗，淹没了方老师的声音。也不知少了谁，当然不会多了谁，跑啊！跑他娘的！有一个学生带了头，全体学生紧跟着，穿插着车辆缝隙，吓得司机们面孔痉挛，赶紧拉闸。学生们像一个个蚂蚁蛋，黑压压地往县城滚去你腿软心慌，确实有点草鸡，但只好咬着牙跟上，肠子像被牵着一样痛。

你猛然发现，在同学们的脑子里存在着一个共同的念头，好像谁在这次越野赛中跑了第一名，谁就是高考总分第一名；谁最先跑到考场，就等于谁最先跑进大学校园。怪不得大家都像出膛的子弹离弦的箭，流星陨落，亡命脱兔。你第三次知道毁了。不毁了才怪，哥哥嫂子詈骂，母亲恨我不争气，富贵者欺侮我，贫贱者嫉妒我，痔疮折磨我，肠子痛我头昏我，汗水流我腿软我，喉咙发痒上腭呕吐我……乱箭齐发，百病交加，不毁了才是怪事！你一低头，手捂住肚子，挪到路边，哇哇地呕吐起来，两条弯弯曲曲的大蛔虫在你的呕吐物中蠕动着。又是一阵更加强烈的恶心泛上来，你大张开嘴巴，闭着眼睛，你感觉到成群的蛔虫像滑溜的豌豆面面条一样从嘴里游出来，你感到幸福轻松，沉疴消除般的愉悦和欢欣。吐完了，你低头看去，还是那两条蛔虫在蠕动。你立刻感觉到受不了了。你仿佛看到了自己的胃和肠，成千条蛔虫拥挤着、盘缠着，堵塞着肠道，就像成千辆车堵塞着身后的道路。你一屁股坐在了路上，怔怔地看着那两条蛔虫，发现它们光滑的身躯上反射着金子般的光泽。上帝！阿门！齐文栋，怎么啦？坐在这儿干什么？你回过头，用绝望的眼睛看着呼唤自己的人。卢立志，男，十七岁，高二·一班学生，成绩优秀，破格参加高考。你知道，现在高二学生就赶完了高三的全部课程，进入高三，全年复习，师生团结一致，共同对付高考。卢立志高高大大，相貌英俊，是学校里的骄子。你曾经听人说过，卢立志口出狂言：卢立志要是考不上大学，全县没人能考上大学！他一定能考上大学，就像你一定考不上大学一样。他爹妈生得他脑袋好，他的脑袋是化学脑袋反应快，瞬息万变；你爹妈生得你天性愚钝，你是花岗岩脑袋顽固不化。卢立志不上大学谁配上大学！他上前一步，说：你病了？他低头看到你的呕吐物，闪电般跳到一边去，惊讶地说：你……你吐出了两条……蚯蚓？另一个小巧玲珑的女同学靠上来，用小手绢捂着鼻子说：你呀，真是个书呆子！这是蛔虫，书上有过图画。你酸溜溜地望着这个女同学那两只毛茸茸的大眼睛，一时忘记了她的名字。她也是高二·一班的优等生，破格参加高考。只有优等生才配做优等生的对象，你敏感地注意到她对卢立志说话时神情里包着一罐蜂蜜样的东西，你在心灵深处为他俩祝福。卢立志和毛眼子女同学架着你的胳膊把你从地上拖起来，你突然感到十分委屈，眼泪流到腮帮子上。他和她交换了一个眼神，你知道他们怜悯你，居高临下对你进行帮助，你惭愧，愤恨，但没有力量挣扎；你顺从地挂在比你小七岁的卢立志和比你矮五公分的女同学臂膊里，一句话也没得说。卢立志说：跑什么呢？跑得快就考得好吗？高考不是田径赛！刚刚十二点五十，时间绰绰有余，慢慢走吧。毛眼女同学说：就是，慢慢走吧。你于是和他们一起走，说说笑笑，倒也自在。卢立志说：齐文栋，你今年一定会考中的。你胆怯地摇摇头。你其实学习很好，基础多牢啊！关键是临场发挥，你别紧张，保证就考中了。是吗？南妮。对，别紧张。南妮说。你这才想起了她的名字。她的名字跟你嫂子的女儿娜妮几乎一样，你想起了娜妮，一个斜眼睛白皮肤的小姑娘。她是你的侄女吗？你疑惑不安。瘦如猿猴的哥哥娶了胖如猩猩的嫂子，是家庭动乱的根本原因。好厉害的嫂子，你一想起她那条紫红色的牛舌头状的大厚脸就脚软。你听到村里的人跟嫂子吵架时，骂嫂子的话。那个女人牙床极端凸出，上唇退缩到牙床丘陵的漫坡上。你不知道是什么原因造就了家乡这么多性格乖戾、相貌丑得登峰造极、看一眼一辈子也难忘的女人，所以你厌恶这块土地。你异想天开地要对故乡的人种进行改良，杂交，一照镜子你马上发现自己也在改良之列。凸牙床女人像发情的母驴一样嚼着泡沫，骂嫂子：养汉子×！你那个娜妮是小老杜的种！当我不知道！全世界都知道你借种下田。嫂子暴跳如雷，挓挲着胳膊向凸牙床女人扑去，两个女人像两条母狗一样滚来滚去……南妮说：齐文栋，你估计着今年的作文能出什么题目呢？你摇摇头，说：猜不出，没准又是看图作文，临渴掘井，画鸡画蛋之类。南妮笑着说：你还有点幽默。你说：黑色幽默。有蓝色幽默吧？你们复习班那个罗老师专门给学生灌输些杂七拉八的知识，南妮说，我们任老师可不那样，有利于高考的她讲，不利于高考的决不讲。学生脑袋就那么一点儿大，正经东西就塞满了。卢立志说：有利就有弊，任何事物都是矛盾，罗老师讲课生动极了……

　　穿行在辣椒地里，你想起了这两个好同学，他和南妮都稳稳地考中了。现在，他们一定在欢天喜地收拾行装，准备到大学报到，你为他们祝福。那天，要不是他俩，你想我一定要坐在那两条蛔虫面前继续发呆，连县城也走不到，连考试也不能参加。在卢立志和南妮的帮助下你到了县城，下午两点整。离考试还有一小时。你跑进了厕所，出来时脸色更加灰黄。方老师担忧地看着你的脸，问你能不能坚持，你说能。方老师带你去吃饭，煎包子，每人一盘，同学们都吃完了跑进旅馆休息去了。卢立志和南妮每人用手托着一块糕点，站在旅馆饭厅外的法国梧桐树下，一边吃一边说话。你吃了一个油煎包，刚咽下肚去就感到腹中乱成一团，你看到数千条蛔虫鸣叫着，厮杀着，疯狂争夺一个油煎包。你又想呕吐，没呕吐是因为你立刻用食指和拇指捏住了喉结上的皮肤。方老师用一个乌黑的白碗舀了一点水给你，要你喝你摆手示意不喝。方老师用一个酒精棉球擦着手指说：太不卫生，太不卫生，实在是太不卫生啦。你弓着腰站起来，方老师扶你到房间里休息。两点三十分。同学们都爬起来，跑到水龙头那儿用凉水洗脸，排队洗脸时，有几个同学嘴里还念念有词，临阵磨枪，不快也光。有两个衣冠灿烂的同学在吸食"人参蜂王浆"，有三个同学在吞食"脑灵素"，有一个同学——他一定信奉基督教——正在怪模怪样地当胸画十字，画完了还牛唇不对马嘴地念一声号：南无阿弥陀佛！没人能够笑出声来，大家都不会笑了。生死搏斗！考中了成人上人，出有车，食有鱼，食不厌精，脍不厌细，书中自有颜如玉，学而优则仕！考不中进"人间地狱"，面朝黄土背朝天，找一个凸牙齿女人也如蜀道难，难于上青天。把佛教和基督教合二为一的小同学的滑稽动作仅仅使几个人嘴边泛起几道悲苦的笑纹，顷刻又消失了。排队洗过脸的同学们又排队去厕所，你知道进厕所更多是心理需要而不是生理需要，你知道十个进厕所的同学有九个没有尿，一个有尿的也不到紧张的程度。好一阵忙碌，你随着队伍到了考场。两点五十分。进考场。对号入座。等待，焦虑，每分钟长过一年。监场人虎视眈眈，手按腰际，好像按着一支上了顶门火的手枪。在你左前方，有一个胖乎乎的女同学发出一声海鸥般的尖叫，脑袋摔在桌面上，咚咚一声响，扶起来看时，满脸惨白，竟是晕过去啦。你的手心脚心里满是汗水，肚里蛔虫鸣叫，像小鸟叫声一样悦耳。你攥着粗大的钢笔杆，忽然看到自己的指甲盖都像晒干的豆腐皮一样卷曲着。公元一千九百八十六年七月九日下午三点，那个老头子放着电铃不拉，晃响了那柄黄铜大铃铛。铜铃铛在白色的太阳下灿烂生辉，你和你的同学们都无法看到。你模模糊糊地感觉到，一份雪白的考卷，像一片美丽的大雪花，潇潇洒洒地飘到你的桌子上。

永乐！你的哥在墙西边厉声喝道：跟我去喷粉！试也考完了，躲在家里干什么？别摆那少爷架子！等录取通知书来了，你要干活我也不让你干。哥说话时，你正在就着大葱吃饼子，大葱苦辣苦辣，你咽不下去啦。你认为是这棵毒辣的大葱刺激出了你的眼泪。娘挤着眼小声对你说：我的儿，别不好受，都怨你爹死得早，吃吧，吃上那块饼子，跟着你哥去干活。你哥也是没法子。你站起来，走到院子里，隔着那道半人高的土墙，看着哥花白的头顶。这道土墙是哥嫂与你分家时垒起来的。五间低矮的草屋，你和娘分了两间，哥嫂分了三间。哥弯着腰搅拌猪食，发酵饲料的酸味一阵阵冲过来。两头黑色壳郎猪，用它们筒状的长嘴撞击着圈门。娜妮在屋外哭。哥的第二个孩子兰妮在屋里哭。哥的第三个孩子出生十天了，她在炕上哭。三个女孩，后边两个是超计划生育，不知道要罚多少款呢。嫂子头上包着一块蓝布，脸浮肿着，提着只水桶在压水井上噗唧噗唧压水。哥喂完猪转过身，横眉立目对你说：你直愣愣地站着干什么？还不快收拾喷粉器，去四老爷家借袋"六六六"粉，豆地里招了"绿布袋"虫子，再不治就吃成光秆啦。嫂子歪过来看看你,和颜悦色地说:兄弟,帮你哥干点吧,你今年考得挺好是不?我听鲁连山家老三说你考得挺好,大专考不上,中专是绑上了。上了学能挣钱了别忘了你哥在家受的罪。你问自己:我是不是真考得不错呀?老天保佑吧!你不去计较哥哥的蛮横态度了,嫂子空前的温柔使你感到一丝丝温暖。你走出家门,去四老爷家借"六六六"。拐进胡同时,听到复员军人高大同在他家的院子里叫骂着:

他妈的!毁了!一个大青年,没有老婆,一个人住着四间大瓦房,孤独毁了。要是有钱,买上电视机、录音机、电唱机、收音机,哈哈地开着响,脑子不是好一点?是好一点。可是没有,进来一个人,出去又是一个人,一人吃饱了全家不饿,连个说话的人都没有,把个脑子硬给踢蹬了!毁了!那个修收音机的杂种,明明当时就能给我修好,可他偏偏不给我修,非要拿回家去修。黄鼠狼子给鸡拜年,没安好心肠!他一定想偷换我的收音机零件!这个狗杂种!你起初以为这个复员军人兼共产党员在跟什么人发牢骚,但一直没听到那人回答。你心中纳闷,放下"六六六",蹑手蹑脚走到他家的大门口,从门缝里偷觑见这个哈腰罗腿大眼睛的青年人正对着虚无说话。他手舞足蹈,表情丰富,好像一个出色的演员。看我干什么？他妈的！他愤怒地骂道。你吓得几乎要瘫倒，正要张嘴解释，那高大同却呜呜地哭起来：谁是精神病？你他妈的才是神经病，老子南北转战，枪林弹雨都经过，没有功劳还有苦劳没有苦劳还有疲劳没有疲劳还有牢骚。你们都不把我当人待，你们都用卫生球眼看我，你们都笑话我没有老婆。我有过老婆，她跟人家困觉被我抓住，我用鞭子抽她，用棍子擂她，用火钳戳她，用烙铁烫她，我给她灌辣椒水，上老虎凳，我使用了四十八套美国刑法，四十八套日本刑法，她宁死不屈！她才是真正的共产党员！你们笑话我没有老婆？那你们把女儿嫁给我我不就有老婆啦！你们怕了，走了，你们一听到我要娶你们的女儿就像乌龟一样把你们鳖头缩了进去！滚吧！都滚吧！回家搂着你们的女儿困觉去吧！你们自产自销了去吧！你们这些人面兽心的王八蛋！"说嘴叭叭的，尿床哗哗的"，一些骗子！你们这些蛤蟆种、兔子种、王八种、杂种配出来的害人虫！你们这些驴头大太子，花花驴屌日出来的牛鬼蛇神！你们不是有权吗？我砍掉脑袋碗大个疤瘌，三十年后又是一条好汉天都不怕还怕你的权？哈哈哈！你怕我！哈哈，你怕我！你的手哆嗦了，（他举着一根食指，像举着手枪，对着无形的敌人。）你的腿也哆嗦了，嘴唇发紫了,眼睛发直了,淌虚汗了,裤子尿湿了。你还敢说你不怕我?哈哈哈哈哈哈哈!我现在知道了该怎样对付你们这些利用权势霸占人家老婆的混账鳖羔子了!你们这些穿新衣戴新帽的猴子!猪狗不如的东西!你是个什么东西?你不用躲躲闪闪,长袍马褂也遮掩不住你的狼心狗肺,你一肚子驴杂碎!就是你勾引了我老婆,你给我老婆十块钱。你想跑?你能跑到哪里去,跑到耗子洞里去我在洞口支上铁夹子等着你,跑到猪耳朵里去我用蜂蜡把猪耳朵眼封起来,哈哈哈哈哈哈……操你的妈![(他昂起头,眼里淌着混浊的眼泪,狂笑着,用力拍打着自己的屁股。)你手扶着他的破烂大门,蛇蝎毒汁般的眼泪喷泉般涌出,你不知道为谁而哭。]操你们的妈!软的怕硬的,硬的怕愣的,愣的怕不要命的,老子就是不要命的!我,高大同,死都不怕还怕你们这群猪狗吗?你们使用狼狗、使用伞兵刀、使用手榴弹、使用火焰喷射器、使用催泪弹、使用粉红色炸弹、使用敌敌畏、使用"速灭杀丁",使用驱蛔宝塔糖、使用无线电侦听、使用莫尔斯电报机、使用诱奸法、使用结扎术、使用催眠术、使用恫吓、使用香酥鸡、使用诱奸法、使用沂蒙山啤酒、使用金丝边眼镜、使用你那个患相思病的老婆、使用你那个进妓院捞毛扛叉杆的破爹、使用金枪不倒迷魂药、使用搜查和警察、电棒子和铁手镯、阴谋和诡计、花言和巧语、赌咒与发誓、收买和拉拢、妓女和嫖客、海参与燕窝、驼蹄与熊掌、黄瓜与茄子……也难动摇我的钢铁意志!君子报仇十年不晚!我来无影去无踪光棍一条,杀一个够本杀两个赚一个!你还说不怕?瞧瞧瞧,你的屎汤子都流出来了!像你这种专门偷鸡摸狗的臊狐狸都把狗命看得重如泰山,我高大同这种粗人莽汉把命看得轻如鸡毛。东风吹,战鼓擂,当前世界上究竟谁怕谁?你装孙子啦?(他向前抢一步,对准假想中的仇敌,狠狠地扇了一巴掌。仇敌一定仰面跌翻,他自己也闪了一个踉跄。)你滚吧,我不愿意再动你。收起你的臭钱,你的钱太脏了。你们这些吸血鬼,你们吸男人的血,吸女人的血。你不是个人,你是什么?你是妓院的一只黑臭虫!妓女的腚也比你那脸干净!……他的骂声嘶哑了,身上散发出腾腾的热气。你的胳膊被一只手拨拉了一下子,一张苦大仇深的红脸对着你,那脸上镶着的两只辣椒般的红眼睛火辣辣地盯着你。看什么?有什么好看的?你惶恐无言,退到一旁,老头一膀子把门撞开,抢进院子里,对准高大同的腮帮子就是一巴掌。谁打我?谁敢打我?高大同转动着脖子,眼珠子直愣愣地说。杂种!你这个疯杂种!老头子浑身哆嗦着，抓住高大同的破烂衣襟撕掳着，你骂什么大街？疯子，疯子，你把人都得罪完了。高大同挥舞着胳膊反抗着，喊：放开我，放开我，你是我爹吗？我不认你这种胆小如鼠的爹。不要让他跑了，你站住，站住，我代表人民处决你。高大同举起一个手指，做了个放枪的动作，嘴里同时模仿了一声枪响：叭勾！前面一排瓦房的后窗哗啦一声被推开，窗口里伸出一个粗短结实的头颅，那人又凶又横地说：高老四，把他送到疯人院去！否则，出了事情你负责！高老四扭着疯狂挣扎的儿子，满面笑容地说：二叔，惊吓您老啦！您大人不见小人的怪，别和疯汉一般见识。高大同努力甩开他的爹，像生了翅膀样飞起来，张牙舞爪，直扑窗台而去；我要杀的就是你——我要杀了你——他扒着窗台，一耸一耸地急遽跳动着。那只伸出来的肉头鬼叫一声缩进去，窗户猛地被拉上——只拉上一扇，另一扇晃动着，挨着高大同的拳头打击，玻璃嘭一声响，随即炸裂。高老四捞一根扁担，扑上去，横一扁担，抡到儿子腰上，扁担钩子哗啦哗啦响着，儿子拧了拧腰；竖一扁担，砸在儿子头上，扁担钩子痛苦地响着，儿子猛一跳，离地有二尺多高，然后，像一只中枪的野鸡，缓缓地跌在地上……你看到高大同的耳朵里流出蓝墨水一样的血，高老四眼睛里流出了红墨水一样的眼泪……阳光灿烂极了，天蓝色的雨燕电一般地在明朗的大气里飞翔。喳唧喳唧喳喳喳喳唧唧唧……唧……这是在飞行中进行交配的雨燕发出的残酷的呻吟声……还有什么？什么都没有啦！最后一个英雄被打蒙了，你看到天地间混乱地飞舞着倾斜的、弯曲的、黑色的太阳光线，一阵绝望的寒冷流遍了你的全身。你走了几十步，又走回来，扛起了那袋子"六六六"药粉，一步步挨向家门……

从药瓶子里冲出来的腐烂苹果的香味愈加浓烈，一群群蚊虫飞来，一群群蚊虫在腐烂苹果香味里流星般陨落，又一群群蚊虫扑来。你把药瓶子触在唇边上，眼前霍然亮起一大团混涸的金黄光晕，你清晰地看到了上帝枯槁的面容和蓬乱的长发，魔鬼般的上帝背后立着明眸皓齿、青丝红唇、衣袂灿然的死神。蚊虫像火星一样碰撞着你的面颊和单薄如纸的耳轮，你怦然心动，伸出舌尖咂了一下"一〇五九"的味道，舌尖奇痛如刀割，你犹豫了，胳膊垂下，眼前黄光消逝，满天星斗灼灼，一钩新月忸怩地从黄麻缝隙里望着你，如一弯似蹙非蹙柳叶眉，如一双似喜非喜含情目，泪光点点，娇喘微微。你想天地间也许还有凄凉的温暖，你挖空心思寻找那温暖时，黄光消逝了，黯淡灰白的黄麻花白夜蛾般伏在森森然的黄麻茎叶间,给予了你模模糊糊的韶华难留的暗示。好花不常开,好景不常在,撒手方得一身轻。

黄麻花像舞台布景一样黯然撤换。灿烂的阳光高挂天宇,燕声啁啾。河里涛声澎湃。燠风如钻,旋动着你肩头扛着的纸袋里的"六六六"药粉,辛辣的烟尘钻进你的鼻腔,你连声打着喷嚏,一声比一声响亮。你打着喷嚏,眼前一明一暗,好像是在伸手不见手掌的暗夜、好像鼻腔和口腔是火镰与火石、好像打喷嚏是打火、好像喷嚏声是火星迸射。你的脑里眼里闪烁着高大同耳道里蓝色的血和高老四眼睛里红色的泪,高大同痛快淋漓的血骂像一条五彩缤纷的绸带,在你心里滑来滑去,熨着你心上深刻的伤口,在骂声中你看到了人类世界上最后一点真诚,最后一线黯淡无神的人性光芒。在这个污秽的闹市里,就是把金刚石的宝刀也要生锈!村里的高音喇叭广播完新闻又广播刺耳的音乐,乐声绷紧如弹簧,女人的歌唱声中布满欺骗和陷阱,早晨的空气膨胀,好似充足气的橡胶轮胎。你跑到哪里去啦?去县里买也买回来啦!哥站在院子里,怒气冲冲地训斥着你。你不想辩解,你连说一句话的欲望和力量都没有。哥夹缠不清地唠叨着,拆掉活动门槛,把独轮车推出去,两台喷粉器装在车梁两边,你把"六六六"袋子放在车梁上。走吧！哥的气顺一些了，用恨铁不成钢的口吻对你说。你弯腰攥住车把，把独轮车架起来，走了三五步，迎面一群人挡住了车辆。你认出了领头的大个子是村民委员会主任，大个子旁边一个大奶子女人是乡政府专搞计划生育的委员，后边八个人，是村里一伙专门斗鸡撵狗、聚众闹事的流氓恶棍，他们是你们村贯彻落实上级指示、维护村支书威权的中坚力量。这八个人是表兄弟姐夫舅子连襟妹夫之类难以说清的关系，村里人谁见了谁怕，谁要敢不怕，不是房后草垛起火，就是猪圈中肥猪中毒。一见到这群人，哥浑身筛糠，脸色蜡黄，手脚无所措。村主任说：齐文梁，听说你老婆生了第三胎？哥说：没……没有……村主任一挥手，说：进去看看！哥张开胳膊，拦住道路，说：生了……村主任说，县里正抓破坏计划生育的典型，你就当个典型吧。哥说：生三胎的也不是我一个，凭什么让我当典型？村主任说：这也不是我的意思，是乡里的意思。大奶子女人不满地斜了村主任一眼，说：齐文梁，没得废话多说啦，计划生育是根本国策，提倡一胎，控制二胎，杜绝三胎。省里指示要千方百计把人口增长率降下去。县里指示，什么都有法，计划生育没有法，无论采取什么措施，降低人口增长就是好措施。乡里指示，生二胎罚款两千元，生三胎罚款三千元，并强制施行结扎手术。你们大队里还有什么土政策我就不知道了。村主任说：齐文梁，你听明白了没有？这不是我不顾乡亲情面，上级有批示没法子的事。你能交上三千元吗？哥哭了：主任，你看看我这个样，老婆有病，孩子又多，养着老娘，还得供给俺兄弟上学，挣一个花两个，打死我也拿不出三千块钱啊。村主任说：那就只好先拾掇你屋子的家具了，先放在村子押着，你凑齐了钱就赎回来。哥跪到地上，苦苦哀求：主任，你不能啊，你不能不让我过日子啊……村主任同情地说：文梁，你这是干什么？起来起来起来！谁不让你过日子啦？你以为我愿意得罪人吗？别说你兄弟眼见着就是大学生，将来不知熬成多大干部，你就是个老绝户头子我也不敢得罪你，多一个仇人堵一条路，我也有老婆孩子。起来，起来！大德子，你领着人进去吧。大奶子女人说：先别忙抬家具，先弄着他去卫生院里结扎吧。大德子走上前，把你哥拖起来，说：老哥儿们，走吧，去骟蛋子吧。哥吓得面如土色，叫苦连天地说：不……我不去……我有病啊……有病啊……村主任说：你别哭，三十多岁的大汉子，怎么像个老娘儿们一样嚎天抹泪，你有病就扎你老婆。大奶子女人说：女扎比男扎更保险。哥说：她也不行，她也不行，她刚生了孩子，还没出月子哪！大奶子女人说：不妨碍的，二指长的小刀口。门口正吵闹着，院子里鸡惊飞，你看过去，见嫂子披头散发如起尸女鬼，搬着一条方凳冲到西墙边，意欲跳墙逃走。村主任高呼：别让她跑了。八个男人一窝蜂上去，扯腿的扯腿，拉腰的拉腰，把嫂子从墙头上拽下来。凳子翻倒在地，绊着八条汉子的腿脚，嫂子点头挺肚踢腿，没命地嚎叫。娜妮一见亲娘被擒，惊吓之下哭音如高音竹笛，分明地从嘈杂声中拔出一个尖。屋里的两个小女孩也不紧不松地哭着，院子里乱成一团。哥血红了眼睛，弯腰抻头，憋足一口气——哥憋气前先高吼一声：我不活啦——直对着村主任的小腹撞去。村主任猝不及防，被撞个正着，倒退一步，仰面跌倒。八条汉子中蹿过四条来，四虎分羊般把哥拘禁起来，都咻咻地喘气，嘴里馋涎欲滴。村主任爬起来，面皮青红，胸脯子鼓胀着，看起来是动了大怒。但过了片刻，面皮黄绿，一个宽大的笑容从黄绿色里洇出来。他笑着说：文梁，你糊涂啊！你以为这是你大叔我的事吗？这是党的事，国家的事。你就是生他一个营，一个团，也吃不着我家碗里一粒米。烧不着我家坟上一棵草。你就是一头撞死我，也挡不住你老婆去结扎。共产党什么都怕，就是不怕硬。你能硬过铁吗？民心似铁，官法如炉！小伙子，别碟子里扎猛不知深浅啦。放开他，让他好好想想。村主任对那四个莽汉挥挥手，宽宏大量地说。哥宛若木偶，站着，只顾大口喘气。娘倒背着手，野鸭子凫水一样走出来。她耳聋，便歪着头，问哥：杂种，又闯下什么祸了，你们这些杂种，什么时候才能让我不操心呢？嫂子一见娘，犹如见了救星一般，高声大嗓地哭叫起来：娘啊！娘啊！救救我的命吧！这群强盗，要绑我去医院结扎，娘啊，我还没给您老人家生出来一个孙子，结了扎，可就断了齐家的香火啦。娘听清了嫂子的哭诉，颤颤巍巍走到村主任面前，叫着他的乳名骂：狗皮，你这个没良心的东西，六亲不认的东西，你的娘是我的叔伯姨，咱俩是表姐弟，我的孩子就是你的孩子是不是？村主任说：表姐，你别生气，正因为咱是沾亲带故，我更要大公无私，要是我包庇亲戚，怎么去管别人。娘说：你甜言蜜语也骗不了我，你是想绝了我的后。村主任说：跟你老婆子有理有说不通，齐文梁，就是这么块形势，明摆在眼前，你不要敬酒不吃吃罚酒。哥蹲下去双手捂着头，呜呜地哭起来。娘说：你们这群伤天害理的畜生，要结扎就结扎我吧，我替俺儿媳去。大奶子妇女掩口而笑：哎呀呀，这个老大娘，简直是……简直是……村支书对汉子们使个眼色，说：

别啰唆了！尽管嫂子死命挣扎，但在四个男人铁钳般的手爪里，也只剩下叫骂号哭的本事。娘向前扑，被大德子只一搡，便如枯枝败叶般落于地上。你抓住大德子的手脖子，立刻感到自己的手萎靡不振，你说：不许你打俺娘！大德子眨动着杏黄色的眼珠子，阴沉沉地说：年小的，放开手！要动武的，你还是黄瓜妞子打老牛，嫩着点儿。要讲文的，我讲不过你。你胆怯地把手松开了，手指酸麻弯曲，久久伸不直。你好像求情般地问村主任：你们一点人道主义精神也不讲吗？村主任狐疑地看着你，约有五分钟，才喘息般地说：你得了什么病啦没有？这是农村！村主任的话好似当头一棒，使你彻底清醒了。四个大汉拖拉着嫂子远去啦。还有四个大汉等待着村主任下达抬家具的命令。村主任看看你，果断地说：一切由我承担着，家具不抬了。文梁，那三千块钱，你慢慢凑吧。老姐姐，你也不用哭啦。这是社会，谁顶谁倒霉，再说，能顶得住吗？哥哥站起来，感动万分，叫了一声大叔。村主任说：齐文梁啊，跟着去看看吧，买只鸡，炖炖给你老婆吃，大小也是个手术，再说，她还是月子里身体，虚弱。哥诺诺连声。村主任率着四个大汉，大汉们身后跟随着那个大奶子女人。一行人摇摇晃晃地走了。娘去哥嫂的院里照顾哭成一片的三个孩子。哥追着嫂子的叫嚣声跑去跑了几十步,又转回头,对着你喊:永乐,你自己去吧,去豆地喷粉,"绿布袋",造桥虫,赶快治……

你给黄绿色的豆子喷着粉,想着哥最后一转脸时的表情,你想,男人们被结扎了输精管,从手术床上站起来时,一定都是这副表情。哥没被结扎,哥仅仅是去追赶即将被结扎的嫂子,脸上就已经是结扎后的表情了,哥没结扎也跟结扎了差不多了……喷粉器。你用力搅动着喷粉器的摇柄,喷粉器像警报器一样嗥叫着。浸透毒药粉的背带紧紧勒住你的瘦脖子,你无法不低头。田野里还有几架喷粉器在响。你学着那几个喷粉农人的样子,为了防止衣服被毒药污染,脱得只剩一条裤头。赤脚,裸腿,肋骨根根清楚,光头。圆桶状的铁喷粉器挤在你的肚子上。你左手握着把手,擎着长长的、前头分出两叉的喷粉管,右手摇动,制造着恐怖的音响。干燥、滑腻的药粉愤怒地喷出去,如烟,如雾,似压抑经年的毒辣的情绪。你用力、发疯般地摇动把柄,喷粉器发出要撕裂华丽天空的痉挛般的急叫声,你感到一种空前的欢乐!欢乐!欢乐!欢乐!一把粗的铁管子在你手里不安地抖动着,"六六六"药粉从两个小簸箕状的分叉里团团簇簇滚出来,焦虑,烦恼,郁闷,冲撞得青绿的豆棵茎叶翻转。星星点点的洁白豆花纷纷落地，绿色翡翠般的造桥虫弓着腰、吐着明亮的白丝，哀鸣着跌落在地上。晨露未晞，药粉沾在豆叶上，肮脏的绿色上涂了一层暗红色的毒药粉，显得美丽无比。你跌跌撞撞地走着，多刺的豆秆擦着你的腿。"六六六"毒药粉碰撞豆叶后，又疾烈翻卷，冲天而起，乳白色的蘑菇状烟雾包围了你。你走在自己制造的毒烟阵里，不敢呼吸，不敢睁眼，你只顾摇动手柄，只顾跟跟跄跄前冲，带着毁灭一切的愿望。后来你的手又酸又麻，摇动手柄的频率降低，步子也慢下来。汗水从毛孔里渗出，立刻沾了药粉，战战兢兢，汗不敢出。腐蚀性强烈的药粉深刻渗入到你的肌肤之中，杀着你的神经，人心里痛楚，肌肤也痛楚，与背带摩擦的脖子、与铁筒摩擦的肚皮、与豆叶豆秆摩擦的腿足，更是加倍地痛楚。鼻孔被药粉堵塞了，呼吸窘急；你张开嘴巴帮助呼吸；药粉乘虚而入，呛闭了你的喉咙。眼睛里的泪水已把药粉和成了药泥，毒害了你的眼球。你生来睫毛稀疏！在周身针扎般的疼痛中，你还是感觉到了蚀骨的欢乐。欢乐！欢乐！！欢乐！！！不在欢乐中爆发，就在欢乐中灭亡！你终于喷完了第一筒药粉，这时你脱落掉轻飘飘的喷粉器，跟跟跄跄，走到青水如靛的引水大渠旁，你觉得自己很像一只被活剥了皮、沾上面粉和调料、在油锅里炸熟了的青蛙。你用力搓着眼睛,终于搓开一条眼缝,你困难地辨认了一下倒映在渠水里的自己的形象,惊叫一声,便头朝下脚朝上扎进温暖如乳的渠水中……你下沉,欢乐地下沉;周身如被刀割,刀割着般欢乐地下沉。你的头触到了渠底精神抖擞的水草,触到了松软如脂膏的淤泥。浮上来了,你。上浮时你又觉得自己很像一条庞大的造桥虫,中了"六六六"毒害的造桥虫。你在渠水中散漫地游泳,清亮的水珠在你撩起来的胳膊上活泼地流动着,水中游鱼冒冒失失地碰撞着你的肚子和大腿,又是欢乐,你幸福地哭了,哭泣声很大,你把头埋在水里,感觉到清凉的水温存地冲刷着你的口腔,感觉到哭声冲上水面,变成了一串串咕噜噜响着的水泡泡……后来,你站在渠畔上,望着无风无浪的田野,绿色似乎稍微干净了一点,大气透明,有淡淡的蓝色,云雀在高空中盘旋着,发出婉转的呼哨声。那三个喷粉的农人一直没有休歇,他们不紧不慢地操作着,由于是远离的缘故吧,他们的喷粉器发出的声音不像尖厉的嘶叫倒像轻柔舒缓的音乐,他们赤裸的身体上遍披药粉,艳阳照耀下熠熠生辉,他们不欢乐也就不痛苦,你无限钦敬地注视着他们雍容的态度,心中万分惭愧。你低下了头。你抬起头来时，看到那三架喷粉器喷出的药粉，在农人身后，膨胀成美丽的粉红色云团，如山丘，如高原，如春花，如秋树……并继续着无穷无尽的变化。

从"六六六"的浓密的烟雾里冲出来，你叹了一口气。冰凉的露水已经打湿了你的头发，村子里大概亮开了灯火了吧？在正北方三里处，一台粉碎机轰轰地叫着，那是支书家的磨坊抓紧难得来一次电的时机，为乡亲们加工着玉米和小麦。支书的老婆孩子齐上阵，过磅的过磅，倒袋的倒袋，她们劳动，她们就赚钱。今晚村里是难得的光明，十年碰上个闰腊月。农村用电紧张，你们这个乡尤其紧张。你听人家说，春节期间为供电局送礼时，你们乡里土老帽儿一样的乡长派人送去一车猪下货，当场被供电局的干部们轰了出来。邻近你们乡的那个乡的乡长文化水平高，有城市人派头，派用计划生育罚款购买的丰田牌小面包车拉去两麻袋海米，受到隆重接待。所以你们乡空有电灯总不亮，供电局不给你们乡送电。供电局给海米乡送电不给猪下货乡送电。你们乡里人用煤油灯照着沾满苍蝇屎的电灯泡吃饭，电来了，人们都惊喜地眯着眼，二十五瓦的灯泡像光芒万丈的太阳，照到哪里哪里亮，照得人心亮堂堂。噗，一张牙齿残缺的嘴喷出一股地狱里的冷风，吹灭了如豆的煤油灯火。电走了！一口冷风不但把煤油灯吹灭了而且把电灯也吹灭了。被电灯光调戏过的眼睛拒绝了工作。空前的漆黑，人人都是瞎子。第三天，上帝说有光，于是就有了光。被儿媳打瘸腿的基督教徒拖着病体，到处传播来自天堂的、上帝的声音，经常有三五成群的秃头昏眼的老太婆围着他的圣坛听他布道传教。他拤着一根煮得半生不熟的老玉米，坐在生牛皮编成的马扎子上，啃一口玉米，讲一句上帝要他代转的话，玉米粒太老了，他的牙也太老了，他顽强地咀嚼着，用后槽的牙，玉米粒都集中的腮帮子上，干枯的脸皮鼓得老高，像一只饱食的鸡嗉子。于是他歪着嘴，流着乳白的口涎，说：上帝造完日月星辰有了光，心里还觉得缺样什么东西，缺什么呢？上帝和了一块泥巴，捏出了两个小孩，一个小，一个嫚，长大了，就让他们结了婚。这样就有了人。他咽下一口老玉米，抻抻脖子，咽喉里咕噜一声响，好像骡马饮水的声音。他伸出一个手指在胸口前画个十字，呼号一声，阿门。那几个听讲的老太太也赶紧当胸画十字，嗫口出阿门，阿门！你不止一次地看到这个上帝的忠诚的儿子含辛茹苦地工作着，就像上帝开辟鸿蒙时一样艰难。他的阿门声在大街小巷上、阴沟角落里鸭鸣鹅叫般回响着，他的身后跟随着一批信徒，他俨然成为村子里又一个领袖。据说他的儿媳妇——共产党员肖飞燕再也不敢用棍子擂他的腿了。而且，令人瞠目结舌的是，复员军人、共产党员高大同公开宣布，脱离共产党，皈依耶稣教。这是今年春天的事。事情不大，但惊动了县委宣传部、组织部，组织部派出一个年轻人，坐着北京牌吉普车来村里了解情况，找高大同谈话。吉普车一进村头就陷进一个烂泥潭里，车轮子飞速旋转，空转，黑色的泥点冰雹般迸射。戴着白手套的司机钻出车来，一跳，落进了泥里，布底鞋蒙上了黑泥面。他跺着脚骂上帝。组织部的年轻人找到村支书，村支书牵来自家的大犍子牛，套上牛套，用铁挂钩钩着吉普车的保险杠，司机钻进车去握着方向盘，村支书在牛腚上拍了一掌，牛一展腰，把吉普车拖出了泥坑。你听村里人传说，组织部来的那个年轻人见了高大同的第一句话就说：同志，我要把你拉出泥坑！高大同在胸口画了个十字，说：耶路撒冷八格牙鲁阿门！组织部的年轻人说：请你说中国话！高大同在胸口画了个十字，说：八格牙鲁耶路撒冷阿门！组织部的年轻人说：同志，严肃点，我代表上级党组织同你谈话！高大同在胸口画了十字说：耶路——没等到高大同从耶路通向阿门，组织部的年轻人就逃走了。他对村支书说高大同鬼迷心窍不可救药应该立刻清除出党……你又一次想：生在这样的村庄里，就是把金刚石的宝刀也要生锈，你禁不住又叹一口气。黄麻花朦朦胧胧，仍然像只可意会不可言传的暗示。这时你听到了火车的尖叫声，听到了沉重的钢铁巨轮撞击铁桥上的钢轨时发出的咔咔嚓嚓空空洞洞的巨响；你还听到老虎和狮子从荒野里发出来的叫声；鲸鱼在温暖的海洋里发出来的孩童般的梦呓。人们可以随便找出两张褪色的婴儿照片，对着每一个在唐山地震中苟活下来的婴儿说：这个是你的父亲，这个是你的母亲。人们指着在池塘上方萦绕着的鹅叫声对你说：这是上帝的声音！你也曾经深信不疑。你喷过"六六六"药粉的第三天，在胡同里碰到头上缚着纱布的高大同，你用复杂的目光盯着他看，他也用复杂的目光盯着你看。他的脸上的皱纹忽然间长得纵横交错，蚕熟一时，麦熟一响，人老一天，伍子胥一夜白了少年头，空悲切。那些皱纹像煞一道道复杂多变、头绪繁多、布满牢笼和陷阱的解析几何，你动用了假设、反证法、正证法，方程式、花边思维法，也没寻找到正确的答案。你们对望了足足有五分钟，你腋下微微出汗。他说：你看到过老虎吗？看到过狮子？你吃过男人的阴茎吗？你说！你未曾开言，就感觉到有一股无法抵御的阴暗力量像毒汁般渗入了你的骨髓，紧接着控制了你的神经，麻醉了你的大脑皮层，你分明知道自己是在替另一个人说话：你见过老虎，但是你听到过虎的叫声吗？你吃过男人的阴茎，但是你喝过女人的月经吗？他鄙夷地歪歪嘴，唇边在一瞬间出现了浅浅的月影般的狡狯的微笑，他说：你听过老虎的叫声，但你能从老虎的叫声里分辨出老虎的公母吗？你听过狮子的叫声，但你能从狮子的叫声里分辨出狮子的雌雄吗？你喝过女人的月经，但你能从月经的味道里判别出处女和荡妇吗？在他凶狠的、连珠炮般的穷追猛打下，控制你的阴暗力量倏然消逝，你感到理屈词穷，无法突破他的钢铁般的逻辑力量，你面红耳赤，腋下汗下如注，你张口结舌，木木讷讷地说：你……你……太下流了……高大同仰着脖子冷笑着说：下流？哈哈哈哈哈哈，你们这些喝月经喝肥了的吸血鬼不下流吗？滚回家去看看吧，你和别人的老婆困觉时，你的老婆正在吞食别人的阴茎！哈哈哈哈哈哈。高大同眼中无物，瘸着一条腿，仍然趾高气扬地向着槐荫匝地的河堤走去。你孤零零地站在原地不动，看着渐渐离去的那颗花白的头发盖着的年轻的头颅，纳闷着这个疯人的脑袋里怎么能够冒出这么多稀奇古怪的、半是天才半是混蛋的思想。你走回家，一头栽到炕上，脑袋涨得如柳斗般大，四肢麻木，好像死去一样，跳蚤、臭虫把它们凿刀般的利喙钉进你的血管里，发疯般地吮吸着你的腥甜的热血，你动不了，能动了你也不想动，你发誓要用热血胀死这些结帮成伙的害人虫。娘走拢来，用鸡爪般的枯瘦黑手指，摸摸你的头，关切地问："乐儿，你怎么啦？哪里不舒坦？"你看看娘老狗一样混浊慈祥的眼睛，脸上高烧迸发，娘也是个女人，娘曾经也是年轻的女人，没准……没准也曾是一个风流荡妇，那自己就是荡妇的儿子，一生下来就头顶着污秽……啊咦……你怪叫一声闭上了眼睛。人类的肮脏仅仅被高大同揭开了一个边角，从那边角缝隙里仅仅逸漏出一丝香气扑鼻的腥醒臭气，你就受不了了，你就如同遭了瘟疫的猪狗中了霍乱的鸡鸭霜打了的茄子出水的鱼虾。你这块窝囊废！娘骂了你一句，又在你背上搔了一笤帚疙瘩，起来，头痛脑热的，出去蹓跶蹓跶就好了。东胡同里鲁连山家的老三约你一块去学校看分数，你去不去？娘出去了一会回来后问你。你一骨碌从炕上跳下来，心中如擂鼓，你说：让他等我一会儿，我去。娘说：我去把人家叫来家吧。你匆匆忙忙地换了一件唯一的衬衣，用笤帚扫扫裤子，尽管知道扫不扫都一样，扫不扫都是条破裤子。鲁连山家的三小子进来了。这是个短小精悍的小伙子，与你一样二十三岁，与你一样是连续高考四年的"回炉生"。他的脸上带着与你同样凄苦的表情。哥弓着腰走过来，哥没结扎也像结扎后一样弓着腰，没结扎也带着满脸结扎后的斩断生命根芽般的痛苦表情。来了？哥与鲁连山的三儿子打着招呼。你考得听说挺好？鲁连山的三儿子噘着肿胀的上唇说：考得不好，咱不行，天生的笨脑子，能糊弄上个中专就磕头不歇息啦。哥说：管它中专、大专，考中了就跳出了这个死庄户地，到城镇里去掏大粪也比下庄户地光彩。庄户孙，庄户孙，不知是哪个皇帝爷封的。你们想想，哪还有庄户的人好？种一亩地要交五十元提留。修路要庄户人出钱，省里盖体育馆要庄户人出钱，县里盖火车站要庄户人出钱，乡里办学校要庄户人出钱，村里干部喝酒也要庄户人出钱……羊毛出在羊身上，庄户孙！你们考中了是你们的福气，父母亲人也跟着沾光。鲁家三小子悲怆地点着那颗扁扁的头，表示完全赞同你哥的意见……你比鲁连山的儿子少考了十分！你没上分数线，他恰好在分数线上。哥听你说完就赏了你一个响亮的耳光。你哭了。你在回家的路上就哭了，鲁连山家的三儿子好像比你还难过。仅差十分，他成了上等人。你还在下等人的泥潭里挣扎。他安慰你：文栋，其实你比我学得好，回家跟你哥好好说说，再去回一年炉吧，明年你保证能考中……你哭着说：我不想考好吗？我愿意看你们那副长脸子吗？哥更火了，骂：混蛋！你还犟嘴，就那么几本书，四年了，一个月背一本也早背熟几遍啦！就是块石头蛋子也沤出芽来啦！娘长叹一声又长叹一声：永乐啊永乐！你这个不出材料的东西！你这个没出息的东西！……嫂子因结扎伤痛无法下炕，但她的骂声早已透过间壁墙，一字不漏地送到你的耳朵里。嫂子密不透风的骂声里，掺杂着大侄女天真的歌唱二侄女咿呀的学语声三侄女气息奄奄的短促僵直的哭声……鲁连山当天晚上就来了，他极力装着平静，极力掩饰着冲天火柱般的欢乐。老头子喝了酒，满面赤红，像一朵盛开的老牡丹。他头上尚有一撮白毛，在电灯光下闪烁着银子般的光泽。他眯着眼，没话找话地说：今晚上是什么风刮得供电局里昏了头，竟送来电……娘说：他大叔，坐吧。娘搬来一个吱哟哟叫唤的杌子，让鲁连山坐下。鲁连山把腋下夹着的方方正正的包袱放在锅台上，拘拘束束地坐着，好像老佃户见东家，嘴唇干抖说不出话来。哥递过烟笸箩去，说：大叔，抽烟吧。鲁连山猛然站起来，老手伸向破口袋。不，老大，我这儿有烟卷儿。他摸出一盒纸烟，好不容易开了封，抽出一支，递给哥，又抽出一支，袖在胸前，问你：老二，你也抽一支？哥愤愤地说：他还有脸抽烟？吃饭都吃瞎了。鲁连山又哆哆嗦嗦地坐下了。娘说：他大叔，您家老三考上了？鲁连山哆嗦得更厉害了，双眼泪汪汪的，双手高举到头上，好像感谢上苍：老嫂子，你说，这不是做梦吧？咱的孩子还能考上大专？考上了，考上了，前些天，我去他爷爷茔上看，见茔上的土潮润润的，茔顶上热气腾腾，我就知道，风水使劲了，就像那沤到了的酱，发起来了。我估摸着差不多了，今年该发科了。果不其然中了。他去学堂里看分数，一进院子就哭，哭得那个屈啊，鼻涕一把泪一把。他娘不忍心啦，过去劝他，他娘说：儿啊儿！别哭了！考不上就考不上吧，人的命啊天管定，胡思乱想不中用。该吃哪碗饭，阎王爷早就给安排好了，命里有想躲都躲不过，命里没有莫强求。别哭了，干什么还不是干，攒几个钱，娶个媳妇，爹娘也就完了心事啦。他还是抽搭。他娘又跟我商量：他爹，昨后晌阮大嘴来说，孙大保家的闺女要寻人，那个嫚就是瘸了一条腿，别的什么毛病也没有，生儿育女是没有问题的……好小子，这时候他才蹦起来，用袖子揩一把眼泪，说：爹！娘！我考上了！把他娘欢气的，罗锅罗锅就坐在地上了……鲁连山用手背子擦着眼睛，嗓子里嘎勾嘎勾地响。娘说：他大叔，您好福气啊，等着儿子上出大学来，大把大把地挣钱，您老两口子就净等着享福吧。鲁连山说：早哩，早哩，还在云彩影里照着的事呢，只怕上出学来，就不认他的爹娘啦！娘说：不会的，您家老三生来厚道，变不了。哥站起来，欲走不走的样子。鲁连山也站起来，慌慌张张地解开包袱，把一堆书抖落到锅台上。这是俺老三让我送来的，他自己不好意思来，怕刺激您家老二伤心，他说这些书都用不着了，留给老二用吧。哥嗤了一声鼻子，说：拿回去吧，他也用不着啦！鲁连山惊愕地问：老二不考啦？年轻轻的趴在黑土地里有什么前途？哥说：你不是说"命里没有莫强求"吗？鲁连山说：那是他娘说的，老娘儿们的话，颠三倒四，没有个准头。俺老三说您家老二明年一定能考中……哥说，不考了，回来干活吧！鲁连山尴尴尬尬地笑着，退出门口去。娘叹气。哥生气。你迷惘地看着锅台上的书籍，心乱如麻。哥说：睡吧，明日还得去给豆子喷粉，你上次怎么喷的？虫子没死多少，豆子被你踩倒了不少。哥转身欲走，娘说：老大，再让永乐去学一年吧，没准就考上了……哥懊恼地说：一年一年又一年，再去一年就是五年啦！人家跟他同班的大学都毕业啦！娘说：再去一年，最后一年，不中就拉倒，你这个当哥的也算尽到了心。哥说：你就不替我想想，真是天下爷娘偏小儿！他上学，你什么都不能干，虽说是分了家，可你们两人的地还是我种着，里里外外都靠我，累死了我你就不心痛？八成我不是你亲生的。娘说：你爹临死嘱咐你什么啦？你爹要你可着劲供给永乐上学！哥说：你让永乐自己说，他上了多少年啦？二十三啦，早该顶家过日子啦！你说：哥，甭生气了，我不上了……娘说：没出息的东西，没有你说的话！娘气势汹汹地提着哥的乳名说：永祥，你和永乐都是我皮里出的，一样的遭罪一样的痛！我偏他什么啦？我让他再撞撞运气，考上了他好你也好，他光彩你当哥的不光彩？他混好了还能忘了你这个一母同胞的亲哥？人家要欺负你也得想想你有个上大学的弟弟，下手也留三分情。要是他趴在庄户地里，就他那模样，只怕连个老婆也讨不上。你那边老婆孩子一大群，他这边光棍一条，邻亲百家不笑话你？你脸上光彩？娜妮她娘也结了扎，眼见了你绝了，永乐要是光棍了，咱老齐家可不就嘎嘣一声绝了种了吗？娘感情发动，伤心地哭起来。哥流了泪，你也流了泪。嫂子扶着腰走进来，冷冷地说：媳妇不是婆婆养的，您儿跟着您受罪我不跟着受罪。永乐上学不上学随便，您两人的地孬好俺再代种一年，其他的花销俺一概不管，他当了省长俺也不沾他的光!你说:嫂子,我欠你多少将来就还你多少!嫂子双手拍着屁股说:好啊好啊!你能还才好,哼,好像再去一年就笃定能考上一样!我早说了,一岁长不成驴,到老是个驴驹子!考白了毛你也考不上。娘泪眼婆婆地说:永乐啊永乐!你就没有一点志气?你就不能赌口气,立立志,考上大学堵堵她的嘴!你热血沸腾,感到自己已经怒发冲了冠,你吼着:我要考!我要考!我要考上大学!你们不管我我去卖血换钱交学费也要考!不成功,就成仁!哥有气无力地说:那你就再去沤一年吧,能考上最好。嫂子说:哼!说两句大话壮壮胆吧,吹牛屄不要贴印花,你能考上,我头朝下走三年!哥晃晃荡荡地走了,嫂子歪歪扭扭地走了。停电,黑暗包围了你,你被黑暗挤成一张薄饼,在电灯光下发过誓,电灯一灭你就完劲了。你什么也不想了,你只是感到极度的疲倦。这一夜你辗转反侧难以入睡。猫头鹰在村东公墓里的黑松树上一声声叫得紧,田野里的老鼠匆匆忙忙地搬运着粮草,房子里的老鼠咯咯吱吱啃着箱柜的边角,蟋蟀们在热烘烘的锅台上此起彼伏地欢唱着。后半夜时,一道银白的清洌月光从破纸的窗棂上泻下进来,照明了母亲的脸。母亲在酣睡,一股股阴风从她噘起的嘴巴里吹出来,那颗孤独的长牙在气流中索索战抖；你毛发悚立，尽力蜷缩着身体。母亲的睡相已令你惨不忍睹，母亲的吹气声更让你不敢卒闻。你努力谛听从墓地里传来的猫头鹰的叫声，你闻到了墓中尸骨的腐烂气息，黑暗四合，似棺木包围着你，月亮钻进了阴云。猫头鹰飞到了头上，你听到了它振动羽翼的滑溜声响，黑暗中，它的锐利的绿眼睛像两把锥子深深地刺进了你布满灰垢的肚脐。你恐怖地叫了一声，娘用冰凉的手摸着你，一边摸一边问：永乐，永乐，你是被魇狐子魇住了吗？……

猫头鹰又叫得一声比一声紧了，好像催命的符咒，你遍身凉透了，你的腿已被疯狂生长的葛藤牢牢盘缠住了。你举起药瓶子，耳边突然响起了喜庆胜利的唢呐声和鞭炮声，一颗颗红色的电光鞭炮在半空中炸裂，红白两色的纸屑纷纷扬扬地落在鲁连山花白的头颅上。鲁家三小子明日就要启程了，去东北黄金专科学校报到。村主任提着酒去鲁家贺喜，鲁老三，穿着一套新缝的蓝布制服，脖领子上夹着两颗曲别针，口袋里插着两支钢笔，剃了一个崭新的小平头，脚上是一双白色回力球鞋，这个将要去学着挖金子的专科学生，双手捧着茶壶，恭恭敬敬地给村主任倒茶水，村主任满脸堆笑，双手捧着茶碗接水，嘴里夸着：老三，这一下出息大了，挖出狗头金来，带回来让你大叔开开眼界……这些情景你并没有亲眼看到，鲁连山家为儿子举行庆功宴时，你正在公墓里爹的坟前徘徊。走到爹的坟墓前之前，你先去参拜了鲁老三爷爷的坟墓。那坟墓实在也稀松平常，有草，并不繁茂，稀疏的几株驴尾巴蒿子下，有两个深不可测的耗子洞，墓前水泥制成的墓碑上，淋遍了麻雀、鸽子的黑屎白尿。哪里能见到鲁连山所说的那种热腾腾的蜃气？这难道是黄金专科学校学生的祖坟吗？你恨不得对准那两个耗子洞撒一泡又黄又臊的老尿！但你知道不能撒尿了，你应该把尿憋足，憋得像高压水龙头一样，滋到一个你认为最肮脏别人认为最神圣的地方。爹的坟墓上绿草葳蕤，紫色的野菊花夹杂在绿草丛中，好似从云层中透出来警世的星光。你嗅着星星的淡雅香气苦苦思索，为什么这样生机蓬勃的坟墓倒不如那样猥琐凋敝的坟墓祚佑儿孙呢？如果先人的坟墓色彩决定后人的发达与荣华，那么，应该是我进入黄金专科学校而不应该是鲁老三入黄金专科学校。夕阳。松林。丛冢。归鸦。薄月。粉红色的夕阳照耀着黑色的松林；归鸦的翅膀上泛滥着翠绿的丹霞；坟冢骚乱不安，拥拥挤挤，好像死人的世界里也存在你死我活的生存竞争。大鱼吃小鱼，小鱼吃虾，虾吃沙。在遍天厚重的流光溢彩的黏稠的高粱面粥样的暮色里，漂浮着半轮淡薄如纸的苍白月亮。你不知道你的脸像月亮一样苍白，因为你看到父亲的坟墓里——也许是繁茂的草丛中爬出来一条黑底白花的大蛇，你的脸是被吓白的。你一见到蛇就把全身的寒毛支棱了起来，全身僵硬你不会动，鼻子里充满蛇身上放出来的隔夜蒜泥般的味道。蛇有镰把粗细，一尺多长，尾巴很短，不是如一般草蛇那样逐渐细下来，而是很粗的棍子般的身体，突然变细，生成一个一拃多长的小尾巴。蛇身上似乎有鳞片，映着血红阳光，显出一种高贵的华丽色彩。见到你它略停爬动突然对着你举起头，永不旋转的蛇眼阴鸷地盯着你，好像要彻底洞察你心中的秘密。你欲飞身而去，筋麻骨软，早已不能动弹。蛇看够了你，温柔地对你点点头，然后放平身体，缘着墓间青草，飞也似的去了。青草在蛇身后豁然分开，草叶翻卷，唑啦啦地响，好像平地起了一阵风……你不知是吉是凶，也许这条蛇就是爹的亡灵显圣？对我点头是告诉我明年能考中？龙蛇同类，飞龙在天，爬蛇在地，此蛇已能兴风惊草，此蛇非凡蛇也。你带着阴冷潮湿的吉祥预兆回家，刚出松林，就见鲁连山陪着他的三儿子来了。你慌忙躲在一棵松树后，看着鲁家父子在祖坟前点上一刀纸烧起来，纸火明亮，照着鲁家父子虔诚的脸。灰烬飞升起来了，像黑色的蝴蝶，这时那半轮月亮已放出了些许短促的浅淡金光，迷迷蒙蒙地罩着天地万物，鲁家父子跪在祖坟前，高翘着屁股叩了三个头。你想笑，笑不出来；想哭，哭不出来。你那时的表情就像你现在的表情一模一样。

　　开学之前，娘跑了十里路，请来了一个风水先生，是一个黑胡子的老头，七十多岁，腰板笔直，像门板一样。老头是从黑龙江回家看儿子的，娘去请他之前就跟你说过，这个老头号称"半仙"，在黑龙江半个省都有名。现在你坐在鱼翠翠尖尖的坟头上好像抚摸着她你在少年时期就抚摸过的烫手的乳房想起你去年秋天又一次满面愧疚地进入复习班门破窗残的教室羞答答坐在最后一排最外边一个位子上的情景。上课铃声一响，课堂里嗡嗡乱响，谁也听不清自己说什么也不知道别人说什么，大家互相摩擦着像一个笼里的鸡一样互相啄理着羽毛。走进来的是校长。校长站在讲台上气宇轩昂，他是一个中年人，面黄无须，人中漫长，下巴短促。他向前一倾身，双手按住讲台，头探得很往前，像一匹在槽中吃草料的黄骠马。同学们好，他语调亲切，表情麻木地说。教室里骚动一阵，你看到前排的考场老手"冬妮娅"用丰满的背使劲蹭着你的课桌的边缘，好像她的背上生了虱子，好像牛在槽边上蹭痒，你厌恶地看了一眼她的鹅一样的长脖子。同学们，欢迎大家再一次回校复习，尽管上级三令五申停办复习班，但我们还在办。我们的理由很简单：一、各校都在办复习班，我们不办我们的升学率就要下降，我们的学校声誉就要受损，就说明我们的教学质量低。二、这一条最重要，是歪倒磨砸在碾上的大实话，你们都是农民的孩子，要想跳出农村，只有升学这一条路，当然当农民照样干革命，但革命性质不同是吗？（校长自嘲地微笑。）当然我们也是为了不埋没人才，由于诸多原因，许多好同学第一次高考落选，办复习班是为了这些同学不埋没。事实证明办复习班是成绩很大的，譬如，今年我校升入大专院校的学生总共三十六名，复习班学生就有二十八名。（校长如数家珍，报出一串比率。）一句话，复习班不能停办。要来复习的同学很多，我们只能择优录取，让那些确因某种原因发挥不好、考分离录取分数线很近的同学来参加复习。当然啦，也有某些特殊情况（校长伸出舌头咂了一下嘴唇，校园里响起汽车的嗡嗡声，一辆杏黄色的轿车从栽满向日葵的沙石路上驶到校长办公室前），我们校舍紧张，每个班都超员，尤以复习班超员最重，大家看，齐文栋同学半边身体都坐到门外去了。（一阵桌凳响，同学们都回头看你。）因此，从今天起，就是玉皇大帝送他儿子来插班复习也拒绝接受。（学校的文书——一个烫着卷毛的姑娘在门口冲着校长打手势，校长不理睬。）由于复习班是"黑班"，没有经费，所以每个前来参加复习的同学要交一百二十元复习费。我们不是向钱看，是没有办法。如果是向钱看，那些学生可以交二百元复习费，但我们不要，我们只招收你们这些大有希望的同学来复习。大家不要顾虑，好好复习，迎接明年高考，在你们的档案上，你们永远是应届毕业生。卷毛女文书又一次出现在教室门外，龇牙咧嘴地对着校长做手势，从她窘急的神态上，你猜出那个坐着杏黄轿车的胖子（老师们称这类胖子为"大肚子"）一定是个要员，他如果不是送亲戚子女来复习、插班，就是前来检查工作。同学们都歪着头，看着女文书挤鼻子弄眼的滑稽相。校长抬腕看看表，说，同学们，我要说的就是这些啦，大家都不是小孩子啦，哑巴吃饺子心里有数，好好学，是为你们自己学的，是为你们的家长学的，并不为老师和校长学的，还有五分钟，大家嘀咕一下，怎样度过这来之不易的一年，没交复习费的同学别忘了催催家长，赶快交上来。校长一走，教室里一阵嘈杂，有笑声也有抽泣声。你木然地看着校园，看着对面的教室，看着在两排教室之间茁壮生长的银白杨树——银白杨树，树姿优美，抗病虫害，能活三百岁到六百岁。它树冠宽阔，叶片呈多角形，风吹叶片沙沙作响，人们戏称"鬼拍手"——"房前钻天柳，房后鬼拍手"——的银灰色的叶子在阳光中翩翩翻动，闪闪发光。食堂里麻子师傅"鸡啄萝卜似极"骑着一辆红锈斑斑的自行车哗啦啦冲进校园，他的自行车把上挂着十几只当年生长的、羽毛灿烂的黄腿小公鸡，这些可怜的小公鸡不知要进谁的胃袋……食堂的打菜窗口前排着漫长的队伍，学生们用饭勺子敲打饭碗，敲出一片喤喤嗒嗒的暴雨抽打铁皮桶般的声响。你很少站在这条队伍里，你的佐餐是二分钱的红咸菜。你即便偶尔站在这条队伍里时，也从不用铁勺子敲打搪瓷碗沿。你怕敲掉碗沿上的搪瓷，在你们中学成千的搪瓷碗里只有你的碗沿没缺瓷。麻子师傅把铁勺子用力扣到你的碗里，一声脆响，你的心一阵悸动，当你接出碗时，发现在十几块蜂蜜色的萝卜菜上，沾着从碗沿上爆裂下来的一片片黑白相间的搪瓷。第二天，你搜出一毛钱菜金，又一次站到打菜窗口前漫长的队伍里，你发疯般地敲打碗沿，比任何一个人敲得都凶。等到你挨近窗口时，碗沿上点瓷不存，碗底里积着一堆瓷渣子。你用手抹掉瓷渣子，把碗伸进窗口：一毛钱萝卜！铁碗又是一声脆响，你坦然地接住碗，见那十几片蜂蜜色的萝卜片上，沾着几个炒煳的葱花，没有了硌牙的搪瓷碎片，你很高兴，并且立即明白了为什么同学们一站到排队打菜的行列里就不可遏止地敲打碗和盆。后来你去排队时，似乎并不是为了那几片萝卜或土豆，而是为了敲碗沿，你在这种神经质的敲打中，感受到一种扬眉吐气的欢乐……第二节课是数学。还是那个胖乎乎的、戴着一副红边眼镜的王老师。他倒背着手，神色冷淡，好像这并不是开学第一节课，而是一次枯燥无味的、千篇一律的进饭或出恭。他扫了一眼众学生，你知道他谁也没看他把谁也看了。你想在枯燥的数学教师眼里每一个学生的脸都跟一团枯燥的粉笔末子差不多。请同学们合上书本，他说，两个平面相交有什么性质？谁来回答？教室里安静极了，你看到八十多个红白相间的脑子在抽搐蠕动着，无数的平面像窗玻璃一样在虚空里碰撞着、交叉着，生出了无数的直线、角、定理和定律、革命的和反革命的、道德和非道德的、留兰香型的和水果香型的、牙膏、肥皂、洗耳恭听衣粉、泡沫聚乙烯塑料……冬妮娅，请你回答，数学教师咬着牙根，字字清晰地说，两个平面相交有什么性质。"冬妮娅"站起来，把手背到身后，从她的手里，射出了一道寒冷的光线，正大光明地照在你的额头上，你感觉到了，那是"冬妮娅"的袖珍小镜子反射的太阳光。"冬妮娅"忸忸怩怩地扭动着腰肢，黄色的长脖上渐渐挂上了暗红，她吐字不清地说：两个平面相交……两个平面相交……她哇啦一声，好像是哭了，你看不见她的脸，所以你猜想到她是哭了。有几声幸灾乐祸的、也许不是幸灾乐祸的冷笑从密如蜂巢的座位上发出。数学教师痛苦地摇摇头，拍拍手，说：请坐吧，谁能回答这个问题？左前方一个鱼刺般的学生举起一只枯木朽株般的手臂。数学教师说：王天圣，你来回答。王天圣站起来，虽然哈着腰仍然如鹤立鸡群般高拔，他像个学者般老练地用中指往上托托滑到鼻子上的眼镜，用好似伤风患者的重浊鼻音背诵了两个平面相交的性质。背诵完了，他直立着，看着数学教师，好像期待着表扬，也像等待着批语。请坐！数学教师说，同学们，王天圣回答得对不对？教室里沉默片刻，便响起一阵含含糊糊的喊叫。你没参加这种喊叫，你的眼被爬行在"冬妮娅"背上的一只苍蝇吸引住了。她穿着薄如蝉翼的短袖衬衫，你想到那苍蝇在她衬衫上爬行，你猜想她一定皮肤发痒，蓝色的乳罩带子鲜明地凸现在衬衫中段，那个圆圆的黑纽扣正正地压在她的第五截脊椎上，苍蝇有时沿着乳罩带子哧溜哧溜爬行，好像在微波荡漾的湖水上凸出的一条蓝色堤坝上疾步行走的游客。这时候数学教师用粉笔在黑板上潦草地写着平面相交的性质，含有杂质的粉笔摩擦着褪色的黑板，吱扭吱扭、沙涩又油滑地响着，这响声使你耳膜发痒发酥，一阵阵酸溜溜的涎水从舌底冒出来。这瘆人的声响还使你的眼球震颤，两点绿色的眼屎唧唧哝哝地冒出来。你擦掉了眼屎。左前方一个留着寸头的男同学打了一个哈欠，左手摘下眼镜，右手揉了一下紫红的鼻梁便松开，然后把脑门平放到裂缝的桌面上。他的头前摆放着城墙般的教科书，挡住了他的头，但他的左手还悬在空中，举着悠来荡去的眼镜，他乏透了。你的桌子上也摆放着城墙般的教科书，每个人的斑驳陆离、布满墨水污渍和刀刻瘢痕的桌面上都垒成一道新的长城，大家都伏在这城墙后，抵抗着老师的进攻。那只苍蝇爬到"冬妮娅"胳膊上去了，爬行在她臂上暗蓝色的血管子上。你很想伸出食指去按一下那根葱叶状的血管，但你知道这是犯罪。你立刻想起母亲正费尽艰辛地筹措那一百二十元复习费了，你恨自己，于是你用力把凝滞的目光从"冬妮娅"的背上揭下来，双手支颐，聚精会神地去看黑板上出现的一串又一串吐鲁番葡萄似的数学公式……"冬妮娅"的衬衫乍看很白，但其实并不干净，尤其是脖颈处与头发相接的地方，分明可见黑乎乎的灰垢，她的脖子于是又长又稀松，让你有一种微微的、油腻腻的恶心感。过 A 的直线，进 B 的洞穴，你恍惚地从满黑板模糊不清的公式中看到了这样的字语，头脑一阵咔嚓嚓转，极力演绎和附会 B 的洞穴的朦胧的暗示性，你心猿意马，走火入魔，强力支撑，精神犹如一个滑溜的圆球，难以在黑板上停留，它轻浮地滚动着，带着一种堕落般的力量，要进 B 的洞穴。你吓坏了，意识到自己已确实不适合坐在中学课堂上听讲了……下午的政治课教师是你们的班主任，女，姓纪，未婚，很胖，很白，下牙不太整齐，但比整齐还要美。她亲切地、好像故意炫耀地龇出不太整齐的牙齿对着你们微笑着。她等着你们起立后又坐下，然后说：同学们好，这节课我们复习辩证唯物主义的最大的也是最重要的范畴——她捏起一支粉笔，转身，抬臂，在黑板正中，写了两个排球般的大字：物质。在她抬臂书写时，你看到她那钉着两颗银光闪闪的纽扣的衬衫短袖往下一褪，一撮一定非常柔软滑溜的金黄色的腋毛露了出来……你头晕目眩，班主任腋下那撮像火苗一样燃烧着的腋毛烫着你的心，于是你的心痉挛、抽搐、急一阵慢一阵地跳动。你拼命嗥叫着从万丈悬崖上往下坠落着，重力加速度，自由落体。物质的运动。物质是一种不以人的意志为转移的客观实在性。班主任用她嘹亮的歌喉朗声宣讲着课本上的那些个最基本的、最重要的定律，她不知道任何定律也抵挡不住她金黄的腋毛对你的诱惑，你盼望着她再次抬臂书写，在盼望时你又切齿咒骂自己，一种乱伦般的罪恶感沉重地压制着你那熊熊燃烧的欲望，两种力量，一种是金黄的灼热的，一种是灰白的阴冷的，在你的脑子里在你的血液里，炽热地绞杀着……物质是运动的，运动都是物质的运动……人不能踏入同一条河流……它是一团熊熊燃烧永不熄灭的活火……你用力拧住自己的大腿肌肉，听到毛细血管在手指的捻压下啪啪破裂的声音。物质不灭。方生方死，方死方生。从物理运动到化学运动……特级化学教师像只凶猛的豹子，立在讲台上，目光如电，横向联合扫着你们八十四张枯枝败叶般的苍黄面孔，秋风萧瑟，你们的脸伴着银白杨枯萎的黄叶索落落地响。特级化学教师具有统帅般的雍容大度和八面威风，他站在讲台上形成的强大威慑力使学生们腰杆挺直，目光不敢顾盼。他不看黑板，侧着身，随手一画，黑板上出现了$^{16}_{8}O$。李高潮！李高潮惶悚地站起来。李高潮眼睛细长，眉梢下垂。这是什么符号？原子符号。就这样回答对吗？李高潮脸上出现大便般的幸福表情。氧原子符号。就这样吗？李高潮身体晃动起来。你看到李高潮的下唇像炝锅铲子一样伸出去，伸出去，伸出去。坐下。这是表示质量16质子8的氧原子符号！……最后一节晚自习，你困得眼皮沉重，哈欠连天，演算习题的笔自动地画出一些不规则的图形。窗外的寒意袭来，你打一个战。房梁上吊下的橘黄色电灯泡周围曲曲折折地飞舞着几只扑棱蛾子，依然是秋天，不过是深秋罢了。夜空中雁声嘹唳，落叶窸窣有声。蝙蝠在房梁间灵活机动地飞行着。你盼望着钟声。钟声。蜂一样涌出教室前桌椅板凳噼啪乱响，"冬妮娅"仔细地锁好抽屉。向厕所进攻。站在小便池前你听到女同学们哗哗的小便声。上床。熄灯。立刻就有鼾声。由于听到女同学的便溺声你失眠了，你认为这一学期之所以心绪不宁就是因为坐在了"冬妮娅"身后，上课时你曾偷偷地看到她在小镜子里偷偷看你。吴天化把头藏在城墙后偷偷翻阅《飞狐外传》，你明明看到李老师发现了吴天化的鬼画符，但李老师只顾讲他的达尔文进化论，生存竞争适者自下而上从野鸡到家鸡，由苏北到山东，通通单饼卷大葱！宿舍里一股鞋旮旯子味，五颜六色的尼龙袜子们一齐施放恶臭。地上汪着尿液般的洗脸水，上铺的床咯咯吱吱响，下铺的支架是根鲜柳木,生长出嫩绿的黄芽,大鞋小鞋皮鞋胶鞋密集成行,放屁声梦呓声磨牙声此起彼伏持续不绝。你想到"冬妮娅"在小镜子里的深情的眼睛。你安慰自己,我已经二十三岁啦。你被失眠困扰着才发现中学生宿舍是丰富多彩的。老鼠在床下急促地跑动,一个同学梦中挥拳打人,拳头正抡到另一个同学嘴上,这个同学捧住拳头啃了一口。你为什么咬人?你为什么打人?我梦中打人。我梦中啃猪蹄。躺在你身旁的"神枪手"——一个左目有残疾好像永远在瞄准的小个子同学——香甜地吧嗒着嘴,喉咙里还呼噜呼噜响。上铺姓孙的同学抽抽搭搭哭起来,不知是梦见了伤心事还是根本没睡着。你爬起来,坐着,膨胀的脑袋像热气球,我欲乘风归去,脖颈不放你行。化学方程式、数学公式、物理定律、生物进化、英文单词、形式逻辑、商品价值、"冬妮娅"背上的苍蝇、腋毛、乳房、大学通知书、鞭炮……你头痛欲裂,大脑被分割成了无数钢珠般的球,这些球骨碌碌地转动着、摩擦着、碰撞着,发出一阵又一阵缺少润滑油但飞速运转的机器声。双耳里响彻如寒风中呜呜作响的电话线的声音。你堵住耳朵,响声深入到脑子里,像两束箭齐射。你说:我是刺猬。我是光。我是一棵葡萄树……你知道你要疯了,精神分裂症……

你穿着裤头背心站在满天星光下,你嗅到了校长办公室前花圃里盛开的黄色千头菊花幽幽的香气。食堂里豢养的那条杂毛公狗对着流星、对着在夜空中飞行的鸿雁狂吠。你学着基督教徒刘圣婴的样子,在瘦骨伶仃的胸脯上画了一个十字,喃喃地说:阿门!起来解手的班长发现了你,他关切地问:齐文栋,怎么啦?小心感冒!你说:我完了我完了我睡不着啦……他说:你等等。他急匆匆跑去,又急匆匆跑回。他问:你有什么心事?你说:脑子全乱了……好像一匹跑热了蹄子的马,收拢不住啦……他说:我有安眠药,你吃吗?你说:吃!吃!他说:你跟我来,轻声点,别把同学们惊醒。班长从枕头下摸出一个小瓶,拧开塞子,问你:吃几片?你说:十片!班长嘘了一声,说:开什么玩笑,十片吃下你可就昏睡百年啦。给你两片吧。班长递给你两片安眠药他说没水,你一仰脖子吞了药说不要水。班长,给我两片吧……从班长身后伸过一只失眠的手,可怜巴巴地说。李四清,怎么你也失眠啦?班长问。嗯哪。看不清李四清的脸,只看到李四清的手在哆嗦。给你两片吧,班说。班长……从上铺上伸下一只毛茸茸的手,班长也给我两片吧……班长慌忙把小药瓶塞进枕头下,双手按住了枕头,急如星火地说:没有啦没有啦,我自己还要吃呢……吃过安眠药后你的眼睛更加明亮，自以为极像两只锐利的猫眼，能于暗夜中辨别出老鼠的雌雄，你能辨别出老鼠的雌雄，那么你能说出世界上有多少只不雄不雌的"阴阳鼠"吗？世界如此广大，你知道的还不如一只老鼠知道得多，老鼠能预报地震，你能吗？你把自己和在梁间飞跃腾挪的老鼠做比较，立刻感到万分羞惭，人不如鼠！上铺的一个同学惊叫起来，一只从梁头上失足的怀孕的大老鼠跌到他的鼻梁上，老鼠在仓皇中啃了他一口才从容地跑走。那同学用手电筒照着沾在手指上的血，他又摸了一下脸，手指上血更多啦。他闭了手电，嘟哝几声，拉起被单蒙上了头继续睡觉。你想亡羊补牢犹未晚，蒙头防鼠，不算怯懦。你拉起被子蒙住了头，脚立刻露在外边，缩进脚来。黑暗，憋闷，嗅着自己身上的污垢浊气和被自己的汗水浸湿过的被子的酸臭气。宋丰年的咬牙声尖锐锋利，穿透铁甲般的被子钻着你的耳朵眼子，宋丰年一定肚子里有蛔虫，他的牙齿磨得又短又小，但他还是咬、磨，天长地久，夜夜坚持，好像他的愤怒无边无沿，永远不到尽头。你幻想着制造一种奇特挂钩，一钩钩住宋的下颚，一钩钩住宋的上颚，下钩的连线拴到北窗框上，上钩的连线拴在南床腿上，两条直线平行永不相交。几何定理。这个恨不得咬碎钢牙——不知道恨爹娘还是恨欺诈——的宋丰年还是个业余美术家呢！学校青年团的墙壁报上，期期都有他的作品。你认为他的最优秀的作品是他趁着中秋节之夜之前几天的皎皎月光画在黑板上的一幅漫画。一个头如顽石的学生坐在一张极度瘦弱的板凳上，手捧着书本，犹抱琵琶半遮面，一个满面狰狞的老师，左手持一铁凿，右手持一铁锤，正在努力开凿着学生如花岗岩般顽固不化的脑袋。学生的脑袋上飞溅着拳头大的火花（旁注：知识的火花！）。漫画上方，通栏十个螃蟹般的潦草大字：庆祝教师节，老师辛苦啦！你因为失眠起来夜游看到宋丰年鬼鬼祟祟地创造着他的才华横溢的杰作。你看到他面对着自己的作品哑然失笑，举手掩口有遏止喷饭状。第一节早自习，五点半，太阳还没醒，夜仓皇出走，白天刚诞生。你看到同学们都傻不棱登地瞅着黑板上的漫画，都下意识地紧缩着脖子，好像有人在高喊：小心脑袋！宋丰年大模大样地坐在墙壁边上，脑袋晃来晃去，好像在背诵什么，他的脑袋碰得挂在墙上的碗袋当啷当啷响，在众多的头颅当中，只有他的脑袋是安全的。物理教师一进教室就蒙了，他咧着嘴，嘿嘿了两声，转身就走。弓腰的教导主任夹着一本书跟随着物理教师走来，你半边身子在门外，清楚地看到物理教师怒火满腔的脸庞和教导主任忧郁寡淡的脸。反了！物理教师说：教书教出罪来了，喝粉笔末子喝了三十年，肺都烂了，赚了个什么？你去看看，孙主任。孙主任倒背着手站在黑板前，像军事家研究地理图一样研究着漫画。物理老师的眼睛时而像激光一样扫射着学生，仿佛要洞察每个学生心中的秘密；时而羊羔般地瞅着不动声色的教导主任，好像在寻求正义和公道。教导主任停下原地倒动的脚，转过身，扑哧一声笑了。很好嘛！同学们，画得很好嘛！你们终于理解了老师的辛苦。老师们的工作确实像开凿花岗岩一样艰难困苦。这是哪位同学画的？画得很好，很形象，很幽默，很有创造性。是哪位同学画的？噢，不好意思，不好意思就别说了。同学们，把你们的脑袋弄开一条缝吧，让老师们少费一点劲儿，把知识给你们灌进去！教导主任抄起黑板擦子，一点一点地擦着。擦高处那行字时，他用力抬脖子，腰依然弯着，姿势催人鼻酸。擦完黑板他说：马老师，请上课吧。马老师站在讲台前，丧声丧气地说：上课！同学们用空前迅速的动作站起，腰也都是空前的直溜。马教师点了一个长长的头，示意同学们坐下，马老师冷冷地说：我是老师，不是石匠，希望你们不要开这种玩笑。今天复习电磁场定律。马老师拿起粉笔，黑板上那坚固的学生头还隐约可见。马老师把一个"电"字狠狠地戳到那学生头上。那天，他的一招一式，举手投足，都带着开凿山石的凶狠和果断，从他嘴里吐出的每一个字也都像铁凿子一样打到你们的头顶上。你看到满教室飞舞着绿色的大火星子，学生们的头上都发出铿铿锵锵的巨响，教室宛如采石工地。临下课前，马教师一阵急咳，黑眼球减少，白眼球增多，脸色如纸，你看到马老师如飓风中的枯树，摇摆几下，仆地便倒。同学们都立了起来，女同学哭着喊——马老师——前排的同学跑到讲台上，后排的同学也挤过去，板凳倒了，桌子翻了，书本垒成的城墙倒塌，数不清的数学物理化学生物政治语文英语爱情小说武侠小说落在地上，墙壁上的碗袋砰砰啦啦地响着，摇晃着，五颜六色的学生把马老师围在核心。你站在最里层，用两只手架着马老师一只胳膊。你是从教室外跑上讲台的。马老师像一个温顺的婴儿靠在你和班长臂膊里。马老师……老师……同学们脸上毫无疑问地挂着晶莹的泪珠。老师……醒醒呀……马老师嘴里流出一线嫣红的血，鲜艳得好似成熟樱桃的颜色。你刚举起衣袖要为老师揩嘴，一个女同学敏捷地把一方手纸触到了老师嘴上。同学们……马老师眨巴眨巴眼，两颗很大的、混浊不清的眼泪噗嗒、噗嗒掉下来……谢谢同学们。是谁画的漫画？班长怒吼。宋丰年从人缝里挤进来，哇啦一声哭了：老师，是我画的……我错了……我再也不画了……揍他！一个学生在圈外吼叫。马老师说：宋丰年……不怨你……同学们，与宋丰年没有关系……校医跑来了，党支部书记跑来了，下课铃声响了，同学们和教师们跑来了。马老师的朋友和马老师的仇人都跑来了。两个月后，在县教育局铺着大理石地面的会议厅里，为马老师举行了隆重的追悼会。学校里的领导都参加了。听到马老师死讯那天，班长跑到讲台上，高举起一只拳头，坚定地说：同学们，让我们发扬古人"头悬梁、锥刺股"的治学精神，不考上大学，誓不罢休！让我们用一张张鲜红的录取通知书告慰马老师灵魂吧。复习班全体同学放声大哭。座中泣下谁最多？宋家丰年蓝衫湿！你泪水满面，热血沸腾；你知道在班长举起拳头那一瞬间，全班同学都是泪水满面，热血沸腾。但是，墨写的诺言遮不住血染的事实，一接触到课本，你知道，起码有一半同学与你一样，沸腾的热血逐渐降温，最后停留在冰点上徘徊。人贵有自知之明，春节，寒假。那时候你就知道什么都玩完了。母亲把一块肥肉夹到你碗里，眼睁睁地看着你，看着你把肥肉咽到肚子里，然后满怀信心地点着她的头。今年过年，咱豁出去少吃点，也多买几刀纸烧烧，多做几个菜供供，等你上了考场，你爹不会看着你不管。房山上，我埋上了一盘石磨，什么样的邪气也侵犯不了啦……那个在黑龙江半个省都有名的风水先生穿着一条扫腿单裤，一件黑呢子中山式大褂，拄着一根生满硬刺的花椒木拐杖，绕着你家的房子转了三个圈子，你和娘在他身后。你听着他连连打嗝你嗅着了打嗝打出来的你家那只老母鸡的肉味，你既恨他又敬畏他。他用拐棍戳戳房后的地，用拐棍敲敲写着宣传一胎好石灰大字的墙壁，最后，双手扶拐，身体前倾，站在房山前，说：毛病就在这里啦！看着没有，那条路，直冲着这儿，这是大忌讳，"路箭"，你们这孤儿寡母的，哪里顶得住射？娘虔诚地问：先生，可有化解？风水先生面有难色，支吾了一会儿，忽然响亮地说：看着你们娘俩可怜，豁出我减两年阳寿，泄露点天机吧！家里有石头吗？娘摇头说没有。有别的石器物吗？娘说有一盘石磨，现如今用电磨，石磨无用处啦。先生猛掌击额，说：顶好顶好。抬出来，埋在这房山上，半截在土里，半截在土外，一年之后定见功效，要是不灵就到黑龙江省熊瞎子沟找我。大年初一，满天瑞雪纷飞。大年初二，雪霁日出。初三化雪。初四遍地泥泞。初五鲁连山家三小子来看你。他穿了一件时毛的滑雪衫，头冻得像根胡萝卜一样，说了一会儿话，你听出他的口音已有很大变化。他要走，你送他到房山处。他让你留步。你留步。你看着他蹦蹦跶跶地走了。你听到结满冰挂的柳枝子在头上乒乒乓乓地响着。你看到一只遍身死毛的花狗屁颠屁颠地走过来，停在石磨处，机灵地翘起一条狗腿，欻啦欻啦地撒起尿来，你把一声怒骂咽回进喉咙里，麻木不仁地站着，看着花狗怎样把尿撒完。花狗走了很久，你才回家。

……春天到了，燕子飞回来了。教室前那几株高大的银白杨的细枝上，悬挂着一条条丝线流苏般的、毛毛虫般的花絮。坐在你面前的"冬妮娅"是第一个脱掉棉衣换上春装的。她在班里始终领导着服装新潮流。你清楚地记住了她的春装红得像一团燃烧的火，她的背上并排钉着四个核桃大的纽扣。你缺少过渡性的衣服，你是全班最后一个脱棉衣的人。你认为中学生都是抗寒的种子，虚荣好胜的冠军。大家几乎是在一夜之间变了模样，看到同学们飘飘欲飞的样子，你想其实他们会很冷，因为你穿着棉衣都感觉到冷。那些日子里你显得老态龙钟。有一天你在学校门口碰到一个学生家长问你：大哥，知道高一·二班的刘玲玲住在哪儿吗？那家长是三十多岁的中年妇女，推着一辆缠得花里胡哨的自行车，自行车货架子上载着一袋子小麦。你怔了半天，才明白自己就是她的"大哥"。你满面显红心里凄凉，什么话也没说就跑进了校门。你知道她一定在大门口望着你的背影，她也许把你当作一个哑巴。银白杨树上迁来一对喜鹊，那些天里它们飞来飞去，叼着树枝和草棍，在白杨树冠中心里建筑它们的巢。它们经常驻足在树梢上，鹊踏枝，随着悠悠荡荡的春风愉快地聒噪。物理课，接替马老师的苏老师，男性，却起了一个妇人味的名字：苏淑芳。他年轻漂亮，脾气暴躁，经常的口头禅是：何其笨也！你认为小苏老师是典型的石匠风度，在他的物理课上，教室里始终响着锤子打击凿子和凿子开掘天灵盖的声音。你为什么还不脱掉棉衣？"冬妮娅"掷到你脚下的小纸条上写着这样的问讯。她把小纸条搓成一个小纸团掷到你的脚下，趁着小苏老师用粉笔凿黑板时她一歪头，努了努她的嘴。你目不转睛地看着黑板，手臂一拖，把一块橡皮蹭到桌子下。你弯腰捡橡皮时把纸团捡了起来。从桌子下边，你看到"冬妮娅"穿着红皮鞋的脚轻轻抖着。你展开纸条后，怒火填胸膛。你感到自尊心受了伤害。你想这个资产阶级臭小姐在嘲笑农民的儿子，就像冬妮娅嘲笑保尔·柯察金一样。我怕冷！你管得着吗？中华人民共和国宪法上有不准穿棉衣的条款吗？我穿皮大衣、披被子与你有关系吗——换下棉衣！你身上有一股热烘烘的味道熏我！——你身上有一股比大粪还臭的气味也在熏我！——你头晕吗？我有"风油精"。——多谢！留着自己用吧！——我有两瓶。——你想干什么？——请你换下棉衣，不要像个老头子！——回家教训你父亲去吧！——我父亲去世啦。——对不起——你父亲还健康吗？——死去十年啦。——我们同病相怜，是吗？——不是！我们不属于一个阶级。——社会主义国家里阶级消灭啦！——你是锦衣玉食的小姐，我是穷光蛋。——穷则思变。——停止！——为什么？——不为什么！——下个星期天是"大休"日，你干什么？——不干什么。——回家背粮食吗？——不背。——我的生日，你愿意去玩吗？——对不起，没空。——我很孤独也很寂寞。——吃饱饭撑的。——注意礼貌用语！我家里只有一个妈妈，她退休了。她很会做菜，很平易的人，没有老干部架子。——想把我当作展览品吗？人穷志不穷！——你不要胡说！我没有朋友，想和你交个朋友。——你要拿我开心吗？——你很老诚，不坏。——你错了！——我会观察人。——不要太自信。——星期日上午九点，我在镇中心"美你照相馆"门前等你！……你把几十张纸条的内容牢记在心中，至今未忘。你想起和"冬妮娅"的担惊受怕的"交谈"，纸上谈兵，五分钟内可说完的话，你们用了八节正课三节晚自习。你口袋里塞着几十张纸条，她的口袋里也塞着几十张纸条。你一个人躲在厕所里翻阅着她写的纸条，心里有一种战战兢兢的幸福感，难道这就是恋爱吗？你立刻想不久前高三级开除了一对恋人。据说他和她躲在墙角上亲嘴被校长看见了。你认为与你相比他们还是毛孩子。"冬妮娅"多大岁数啦你不知道，她的爹是怎么死的她的娘是哪一级的老干部你不知道。她主动给你递纸条是什么意图你更不知道。你只知道她学习不好，爱照镜子，爱领导服装新潮流。你忽然疑虑重重，觉得这是一场冒险，是一个迷人的危险圈套。尽管你犹豫不决，进退维谷，还是在递过纸条后的第二天就脱下了生满虱子的棉袄棉裤。你上身穿着一个破背心，一件破衬衣——这两件已在身上穿了一冬天，虱子大部抓净，但布满虱子的死卵——外套一件崭新的蓝色涤卡军便装；下身穿一件裤头、一条灰色的半新衬裤——这两件已在身上穿了一冬天，虱子大部抓净，但布满虱子的死卵——外套一条崭新的"的确良"军装，黄色的真军裤。你刚换下了冬装就碰上了一个小小的倒春寒，阴沉沉的东北风从破窗里灌进教室，同学们都泰然得很,你却冷得直打寒战。你没有毛衣毛裤毛背心之类所以你冷得发抖。发抖你也不敢抖,因为"冬妮娅"经常在小镜子里悄悄地研究你,在她的小镜子里你发现自己满脸皱纹,嘴唇青紫,你才知道那个学生家长呼你为"大哥"并不是出于礼貌和尊敬。你还痛苦地发现自己的牙齿又黑又肮脏,你痛恨家乡的含氟水,它毁了你的牙齿。你记得一年前去赶集,集上有一个巧舌如簧的青年人在声嘶力竭地卖"白牙药粉"。哎乡亲们乡亲们乡亲们!白牙药粉白牙药粉白牙药粉!采用国际先进配方、国内外最新工艺制成白牙药粉专治各种黑牙黄牙斑釉牙经国内外著名专家鉴定白牙药粉无味无毒无副作用长期使用有效率达到百分之百!本品行销五大洲八大洋饮誉全球请用白牙药粉。黑牙黄牙影响美观妨碍小青年找媳妇大姑娘找婆家请用白牙药粉它使你的牙齿洁白如玉就像我的牙齿一样大家都来看我的牙齿大家都来买洁齿白牙药粉!小伙子的确有一嘴洁白整齐的好牙齿。那小伙子发了财。连你都为之所动,剜肉般地拿出五毛钱,买了两袋白牙药粉。你用白牙药粉擦了牙,擦得牙龈出血,满嘴鱼虾味道,黑牙依然是黑牙。你没有抵挡住"冬妮娅"的诱惑。早晨刷了两遍牙,用洗衣粉洗了一遍脸又用肥皂洗了一遍脸。宿舍的门上有一块完整的玻璃，你站在玻璃前端详着自己的脸。齐文栋，好漂亮！相亲去吗？一个骑着自行车从门前飞驰而过的同学喊。你狠狠地跳到一边，用手托着腮帮子说：噢呀，牙痛死我啦！那学生并没听见你的话，他一路按着车铃，早飞到校园外边的煤渣路上去啦。你寻思着借辆自行车骑着也许能够风光一点，但不好意思张口，同学们都在忙忙碌碌地收拾，每个月有四个星期天而你们只能休息一天。这一天是让你们回家去搬运粮草，其实并非休息。上个星期天哥赶着牛车去县里运化肥，给你顺便捎过来一口袋小麦。哥的牛车停在教室前，那头黄色的老牛拴在银白杨上，不拴它也不会走一步。黄牛疲惫不堪地回嚼着胃里倒上来的草，嘴里滴答着泡沫，嗓子里呼噜噜地响。哥扛着粮食口袋，跟在你后边，走进你们的宿舍。同学们都在教室里自习，宿舍里空空荡荡。你从哥肩上接下口袋，说：歇歇吧，哥。哥哼了一声，坐在苇席与木棍支撑绑扎起来大通铺上，掏出烟荷包卷烟纸熟练地卷起烟来。卷好，抽着，冷漠凄凉地看着你，问：考试了没有？你老老实实地回答：考了。问：考了个第几名？你不老实地回答：还没批出卷子来。噢，哥说：上个集日里，阮大嘴到家里找着咱娘，给你说媒。你吸了一口冷气。好像吸进了绝望和绝望中的一线希望,你看着哥。哥说:还是孙大保家那瘸腿闺女,上次要说给鲁连山家老三,人家老三考上了黄金学校,肯定是不要她喽。你想起孙大保家那个老大闺女满嘴的黑牙和一歪一斜的走相,心里泛起厌恶,你说:我也不要!哥说:娘当时没把话说死,用活口话把阮大嘴打发走了。娘跟我商量,是应还是不应。我跟你嫂子一合计,你嫂子说:她小叔要是能考上大学,即使关着门,媳妇从墙头上也就爬来家了,要是考不上大学,只怕连瘸腿瞎眼的也找不到。你嫂子平日里昏,这件事她说不差,你自己掂量掂量。要是自觉着有把握考上大学,就让娘回绝阮大嘴,别耽误人家闺女找主,要是觉着没有把握,就不妨先跟孙家把亲订下。秋天收了棉花,淘弄点钱,修修房子,置办点衣裳,就给你成亲。管她是瘸是瞎,咱兄弟俩一个葫芦照根线,娘也就完了心事,爹在地下也就闭了眼啦……哥说得凄惶,眼圈儿都红啦。你嗓子哑哑地说:哥……反正……怎么跟你说呢……我不要她……哥说……这种事要靠你自己拿主意,哥不会逼你,娘也不会逼你。你二十四啦,渐渐入了大岁,心里该有点数啦。你嫂子脾气不好,哥只好忍气吞声,哥不是怕老婆,碰上了这样的板筋肉,有什么法子?考了这一年,不管中不中,哥的意思是你就死了心吧,打破头咱也是亲兄奶弟，不会不望着你往高枝上攀……你哽咽着说：哥，别说啦……我什么都明白啦……哥站起来，从铺上拿起那根赶牛的小鞭子，说：我就走了，你去上课吧。你把哥送到大门外，哥回头看你一眼，什么也没说，就跑到车杆后坐着了。你听到他在牛腚上抽了一鞭，你看到牛车慢慢悠悠地在煤渣路上晃……哥走后你确实感到自己荒唐，很不争气，很没出息，很对不起哥，也对不起娘，甚至对不起凶如虎狼的嫂子。其实嫂子也未必就是个坏蛋，她显得坏，其实不过把潜藏在别的女人身上的毛病淋漓尽致地表现出来罢了。你想到，人哪个不是下眼皮肿？哪个不是吃饱了才会唱高调？哪个不是嘴上抹蜂蜜肚子里藏刀子？就连亲爹亲娘也是偏心着能多挣钱给他们花的孩子。你很沮丧，心里千头万绪，理不清楚，干脆就将乱就乱乱乱乱乱反而不乱了。你对哥撒了谎：期中考试分数早已公布，你在复习班八十个学生中，总分名列三十九。考中大学的希望愈加渺茫啦。你盼望着出现奇迹，你不无虔诚地想着从父亲坟墓中爬出来的斑斓彩蛇和母亲埋在房山上的挡箭石磨。奇迹出现了。"冬妮娅"给你递纸条，你知道传递纸条是中学生谈恋爱的主要方式。那些日子里，"冬妮娅"像灼目的闪电一样在你面前展现了她的妙龄女子的风姿。你明知道她与你未递纸条之前,你认为她长得很一般,而且这看法无疑是客观的、公正的。递给纸条之后仅仅几天,她的缺点都具有了美的魅力。你想见她。她坐在你的前排你坐在她的后排时,你心中有一种如饮醇醪般的陶醉感。从她脖颈深处散发出来的女孩子的,不,女人的气味像病毒一样深入到你的脑髓里,麻醉着你的脑神经。你终日恍恍惚惚,不知在云里还是在雾里。哥愁苦的脸、娘祥林嫂样的脸、嫂子牛舌状的脸,都被"冬妮娅"明月般的脸庞挤到一边变成了奇形怪状的暗淡星辰。你才能厚着脸皮,凑到班长面前。班长把一堆脏衣服塞进网兜里,挂在车把上,准备开路。班长……你吞吞吐吐地说。班长抬起头,盯着你的双眼,他的目光锐利:唔,什么事?齐文栋。你说:班长……班长说:你这个人干吗老是这样黏黏糊糊的,麦糠擦腚不利索!你说:班长,我借你表戴戴,只戴半天,下午还你……我想去趟我姨家……掌握掌握时间……班长说:这点破事,你干吗啰里啰唆!班长捋下手表,塞到你手里。你戴着班长的"宝石花"牌手表,走在人流如蚁群的大街上。镇上适集,你很庆幸,在陌生的人群里。你感到安全舒适,形体解放。叫卖声和着丰富多彩的味道如云霞般蒸起,眼前缭绕着使你周身刺痒的颜色，颜色的源泉是太阳，是女人和男人的衣裳，是具有使用价值和价值、包含着抽象劳动和具体劳动、涵养着资本主义生产的一切基本因素的商品。"宝石花"手表在你腕上发射着贼亮的光束。你感到手腕上很沉重，手腕子成了商品的奴隶。你到达照相馆门前时，举腕看表，八点半，带着小红点的秒针嗒嗒地飞跑着，你的心脏怦怦地狂跳着，秒针和心脏都用高速度庆贺你的第一次约会。你发现每一个人都用诧异的目光瞟着你，你在手足失措当中看到人流中有你一个女同学，你赶紧低了头。你的头碰到了两道阴森森的目光，那是个中年人，手提着一个沉重的皮夹子。你断定他不是小偷就是便衣警察，是小偷他一定把你当成可发展成同伙的对象，是警察他一定把你当成可跟踪擒拿的可疑对象。你躲到照相馆对面一个卖泥塑玩具的老头背后蹲下来。老头儿可能会把你当成一个百无聊赖的看客，别的人可能把你当成老头的儿子……或是兄弟。秒针追赶着分针，分针追赶着时针；秒针时针分针咔咔嚓嚓剪铰着时间，你的心脏像一柄锤子当啷当啷地敲打着你的破脸盆般的胸膛，好像为你敲打着丧钟。你看看手表，当然不到九点。你只好去看"美你照相馆"门前的广告牌，一个大大的美女头颅，眼睛像鸭蛋般长，睫毛如麦芒般大，她咧着血红的大嘴对你笑着,笑得你毛骨悚然。一群穿红着绿的姑娘们挤进了照相馆,她们的脸饱满得都如熟透的豆荚。"冬妮娅"还没来,你心里滋生了一点恨,没到九点,你恨得没道理。卖泥塑的老人偶尔侧目看你一眼,并不十分在意,他充满信心地吹着一个泥塑小公鸡尾部的叫子。吹得吱吱地响。集市上人来人往,但无人买老人的泥塑,甚至无人看一眼老人摆在木板上的、色彩鲜艳的商品。老人吹小鸡吹出经验来了,那叫子不像鸡叫其实非常像画眉叫声。老人把泥公鸡从嘴上摘下来,嘴唇上沾满了惨白的石灰,他的眼睛也像两团脏石灰一样,污浊又昏暗,闪烁着热爱生活的微弱光芒。老人又拿起一只泥老虎,一手握虎腔,前后促动着,那泥虎就咕嘎咕嘎地叫起来。九点整。"美你照相馆"门前美女如云,唯独不见"冬妮娅"的影子。你有一种上当受骗的预感。但你根本没想到要回去。你站起来,转到老人的货摊前面,又蹲下去面对着那一排泥娃娃微笑如饴的脸。它们性别模糊,像人又不像人,同等高低同般模样是一个模子里塑出来的。它们都盘腿而坐,怀抱鲜艳红荷花弓腰金鲤鱼,面孔都如佛家子弟,天庭饱满,地阁方圆,眉眼间凝固着一种超然的微笑。你忽然想到应该为"冬妮娅"买一件有意义的礼物。"冬妮娅"的脸很像这些孩子的脸。你问：老大爷，这些孩子，多少钱一个？老人喜笑颜开地回答：你看看这些好孩子，不哭，不淘气，不吃你的饭，不喝你的水，只要你三毛钱，就买一个和气生财，富贵有余，买一个孩子经年累月对着你笑……老人挤出一脸哭样的笑容向你推销着他的孩子。你的手在口袋里捻动着那两张毛票两枚五分的硬币。你恰好只有三毛钱，你怀疑这老头有巫术或有特异功能。我只有两毛五分钱，我要买个孩子，你赌气一样地对老人说。老人抓起一个孩子来，指点着好处：大兄弟，你看这孩子多俊，眉眼多清楚，颜色多新鲜，釉子多光明……你把两张毛票和一枚硬币放在老人的货摊上，伸手抓住一个孩子的头，下意识地死劲儿捏着，你说：我只有两毛五分钱，我要这个孩子。老人摇摇头，叹一声，说：好吧。卖给你啦，用手托着他，小心捏碎了他的头。你擒着孩子再去看"美你照相馆"时，只见一团苹果绿色闪到了水泥线杆后，你分拨着南来北往的行人，跨越过老母鸡和鸡蛋，在大水泥线杆后见到了丰姿绰约的"冬妮娅"。她抬起手腕，对你噘嘴巴。你看到她手脖上有只杏核大的小手表又明又亮。你僵直地把戴着手表的手脖子抬起来，说：我……八点半就到……生怕误点……我借了班长的表……她娇嗔道：你跑到哪里去啦?她似怒非怒的表情异常动人,你从未见到过这样的含情脉脉的归你一人所有的表情,你感到惊心动魄的温暖,身心都浸泡在糖浆和美酒的幸福浪潮之中,你感到寒冷,心房震颤,腮上肌肉痉挛,连成句的话都说不出来了。我……我给你买了个孩子……她脸色赤红,说什么呀,你!你说:孩子,泥捏的。你用乱七八糟的手指去解书包系带。她用食指戳了一下你的胳膊,小声说:哎,走吧,回家再看。你顺从地跟在"冬妮娅"身后,邯郸学步,你感到双腿极不灵便,你盼望着早些走到她的家,因为你认为有一些心怀叵测的老太太在挑剔地看着你;你盼望晚些走到她的家,就像丑媳妇见公婆一样,明知迟早要见,但还是能磨蹭就磨蹭。你问:冬……妮娅。我怎么称呼你母亲?"冬妮娅"回眸一笑,狡猾地说:你想怎么称呼呢?你窘急地说:问你呐。她说:随你的便,我不相信你连这么点聪明都没有。你把一大堆称呼抖搂出来比较着,叫"姑姑"太牵强,叫"阿姨"太洋气,叫"婶婶"太亲近,叫"妈妈"是妄想,她是退休老干部,叫"首长"太马屁……叫什么呢?你一横心,车到山前必有路,船遇顶风也能开,就半是乜乜斜斜半是战战兢兢地跟着"冬妮娅"进了她的家门。四间红砖瓦房,花格子折叠式的铁门,满院子花盆，一架爬墙梅花开得如火如荼。玻璃窗里半卷着葱绿色窗帘。你如刘姥姥一进大观园。"冬妮娅"的妈妈是个高大的妇女，面色微红，头上留着八路军时就时兴的"二刀毛"。你什么也没称呼，为她鞠了一躬，说：您好！她很热情，让你到屋里坐，为你倒了一杯茶，端过一个铁盒子请你吃糖，坐着，与你攀谈了几句，你发现她那两只老辣眼睛有意无意地扫描着你，使你局促不安，使你身上的虱子蠕蠕爬动，你生怕虱子爬出来丢你的脸，你有强烈的尿迫感，你听到自己流汗、虱子们被汗水刺激得欢喜欲狂。墙上的挂钟无情地轰鸣着，你不知道自己说了些什么样的鬼话。再有一分钟这个老退休干部如果还是这样菩萨般坐在你面前、鹫一般的目光继续研究着你的皮相肉相和骨相，你即便不拉在裤子里也要尿在裤子里。"冬妮娅"救了你。"冬妮娅"娇滴滴地说：妈，忙你的去吧。你把我的同学吓坏啦！老干部笑笑。说：好好好。你们玩，你们玩。"冬妮娅"把你拉进她的闺房里，你被满墙电影明星看得遍体是眼。"冬妮娅"脱掉外衣，把那件紧紧裹住腰肢的水红色毛衣给你看，你在她的红光里，忘记了她妈妈的威严，隔着窗玻璃你看到老干部提着一把喷壶，缓慢地浇着花卉，隔着一层透明的屏障，你认为她变成了关在笼子里的老虎。"冬妮娅"按了一下录音机的按键。机器沙沙运转着,一个女人很不高兴地唱起来。"冬妮娅"扭了几下丰满结实的屁股,问你:会跳舞吗?你摇摇头,你认为这如同问你,你会不会开航天飞机差不多。看"冬妮娅"屁股上的功力,你知道她一定是个舞星。你想不到世界上还有这样浪漫地活法,如同上帝,如同美梦。你不热吗?她说,把褂子脱掉吧,这是我的世界,就跟你的世界一样,你不要拘束。你很热,但热死也不要脱掉外衣,你知道自己是地瓜干子烧饼大包皮。连领扣都不敢解。那些热毁了的虱子在那儿等待着呢,一解领扣,它们正好乘机爬出。"冬妮娅"坐在你对面,问你:你们男生宿舍里有虱子吗?你羞愧得无地自容,认为一定有虱子从身上爬出被她看到了,于是感到脖子上和脸上都痒,都似有物在蠕蠕爬动。你坦率地说:有。冬妮娅说:我猜着就不会没有,连我们女生宿舍都有,我拼命换洗衣服也生了虱子。"冬妮娅"竟然也生虱子,这使你吃惊不浅,惊讶过后,你顿时觉得和她拉近了距离,你轻松起来,活泼起来,大脑开始正常运转,你想起泥孩子。忘了送你礼物啦,你说着,从书包里摸出泥孩子,双手递给她。她抱着泥孩子突然亲了一口它的脸,紧接着她笑啦,你认为她的笑容跟泥孩的笑容一模一样。有妈的孩子像个宝，无妈的孩子像棵草。录音机里唱。院子里传来老干部的说话声，"冬妮娅"把录音机的音量调得很小，你清楚地听到了母亲的声音，你认为这很像做梦，很像幻想，但确凿地传来了母亲的说话声：大妹妹，行行好，给俺一块干粮吧，给俺一毛钱更好……老干部的声音：现在农民都富了怎么还有要饭的呢？你是哪个乡的？这么大年纪了还出来讨饭？母亲的声音：富是富了，粮食够吃了。老干部的声音：够吃了还要饭干什么？母亲的声音：同志，说了也不怕您笑话，都怪俺养了个不争气的儿子，考大学，考了四年没考上，今年又来复习，学校要收一百二十块钱，刚交上六十，学校里说那六十块就不要啦。俺一想，谁的便宜都能占，就不能占国家的便宜。我一个老婆子，干什么都不行啦，一想，现如今生活好了，到了谁家门上谁家不给点？我反正也老啦，人老脸皮厚，古来讨饭不丢人，权当着串门走亲戚吧。老干部：没见你要到多少呀！母亲：不瞒你说，大妹子，要得不少，都卖了，卖给养猪的户啦。老干部：卖了不少钱了吧？母亲：出来三天啦，卖了三十八块多钱啦。老干部：高资噢！母亲：大家富了，叫化子也跟着沾光。要是六〇年那阵，跑一百家也要不到半斤粮。老干部：这很有意思。母亲：大妹子，看您这样也是公家的人，公家人吃工资，钱活泛，你就给我点钱吧，别给我干粮，省了我挎着老沉。老干部：老太婆，你很可以哪！我的日子也不宽裕，给你一块钱，别嫌少。母亲：不少，不少，多谢啦。多谢了。"冬妮娅"敲着玻璃喊：妈，你可真大方！听她胡言乱语一顿，就慷慨解囊。你的头一直低垂着，你终于把它抬起来，"冬妮娅"的脸涨得很大，但依然像诱人的香瓜。你抓起书包，冲出挂满明星的房间，冲出水红色毛衣的诱惑，冲出摆满花盆的院子，冲出鹫一般的眼睛。你在胡同拐弯处碰上了娘，娘坐在一棵梧桐树下，铺开一条破手绢儿，仔细地数着一堆沾满大肠杆菌、痢疾杆菌、麻风病毒、肝炎病毒……的纸票和硬币。你气急败坏叫一声娘。娘吓了一跳，双手下意识地捂住钱，眈着眼看你。谁要你出来要饭的？太丢人啦！你流了泪。娘不紧不忙地把手绢包好，掖进腰里，拄着棍子站起来。娘上身穿着油垢闪亮的破棉袄，下身穿一条黑单裤，袜子褪下去，盖住尖尖的脚背，两节布满鳞片的干腿露出来。永乐，我丢了你的人啦？狗杂种！娘抡起打狗棍，对准你的屁股，毫不留情地擂了一棍。

你趁着嫂子去挑水的工夫溜进哥的家，趁着味道从窗上拿下一瓶子德国造剧毒农药"一○五九",拧开铁盖,把杏黄色的药液倒进了你预先准备好的四两小瓶子。你不愿意为哥浪费,农药太贵了,四两足够了。你觉得瓶子上画着的骷髅挺亲切地对着你笑。你走到胡同里时正撞上挑水回来的嫂子,嫂子连用白眼都不愿意看你,你还是对她微笑着,你希望留给她一个比较好的最后印象。娘不知到哪里串门去了,娘听人家说马集中学复习班水平高,正跟哥嫂商量着让你再去马集复习一年哩。你只是苦笑,什么也不想说了。昨天你在地里下死劲劳动了一天,土地残酷无情你恨透了它。覆盖着土地的绿色更使你痛不欲生。早晨你挑了一缸水,扫了院子,上午你写了两封信,一封给东北黄金学校的鲁贵福,一封给"冬妮娅",她已在县供销社就了业。装着药瓶子,你跑了大湾子崖,一直向南走进田野,穿过了豆地、玉米地、甜菜地、辣椒地、葵花地、地瓜地、谷子地,最后来到鱼家的黄麻地,坐在旧日相好鱼翠翠的土方尖上。天地光明时,无边无涯的绿色像海洋一样包围着你,你挣扎着,呼喊着,但冲出一片绿,又是一片绿,绿压迫你,绿毒害你,你手碰着绿,眼见着绿,绿的味道使你窒息,绿的声音使你发疯。你怕绿,恨绿,厌恶绿。呕吐出绿色的胆汁,呕吐出你的脸。黑暗四合时，绿隐藏在黑暗中，你感到了巨大的恐惧，坐在鱼翠翠的坟头上，你嗅着一阵比一阵浓烈的绿的味道，你感到无数支绿的毒水枪像喷射着"巴克夏"种猪的精液一样向你喷射着绿色的污秽，绿要强迫你同流合污。你努力睁眼，寻找非绿的颜色。这时鱼翠翠站在你的面前对你微笑了。她的脸像一朵花瓣重叠的紫红色的西番莲，浓郁得化不开。她站在千朵万朵圣洁的黄麻花里，时而像个虚幻的精灵，时而像可触可摸的实体。你对着她点点头，她慢慢地解开那件红格子衬衫的扣子，一只手托着一个金黄色的乳房向你微笑。金光灿烂，你兴奋地叫了一声，向着明亮温暖的金色扑去。鱼翠翠飘然而逝，黄麻花花影摇曳，白色的圣洁的花，黄麻叶窸窣有声，阴郁肮脏的绿叶，你认为是她分麻拂花而去留下的踪迹。夜晚已凉透，那弯浅金色的如眉新月略露芳容便悄然遁去，地里的秋虫叫得累了，休憩了发音器官，蝈蝈却在黄麻梢头亢奋地欢唱，这音乐为你而发，你从蝈蝈的叫声里辨别出了蝈蝈的凄凉，原来这欢唱是悲秋的挽歌，是献给死亡的歌声。天上星星都如泡在臭烘烘绿水中的宝石，银河横断天穹，流陨华彩四溢，白露如水如饴。你听到了遥远的村子里传来的猖狂的鹅叫，也许那真的就是上帝的声音。你又一次听到老虎和狮子的叫声,并且分辨出了老虎和狮子的雌雄;你第一次嗅到了月经的味道,你无情地剥掉了自己的假面,坦率地对着那个想知道女人身上一切秘密的正人君子说:味道不坏,有点腥,有点甜,处子的干净、纯正;荡妇的肮脏、邪秽、掺杂着男人们的猪狗般的臭气。你即便是在这种出神入化的思维状态下,还是知道,从你脑皮的沟回里流出来的大量的语言和思想,绝大部分不属于你因此也就不可理解——也似乎可以理解。猫头鹰好寂寞啊,它又在墓地里叫起来了。声声急,声声凄厉,声声抽泣。猫头鹰的叫声里流动着死亡的味道……你终于把那瓶农药触到唇边,不,你仰起脖子,大张着嘴巴,让那四两德国造剧毒农药流畅地(几乎没污染口腔)从喉管爬进胃袋。这芳香的、滋润的珍贵液体,在你的胃里迅速地漫开,涂满了你的胃壁,并继续下行。四个小时后,它们流进小肠;八个小时后,它们流进大肠;十二个小时后,它们进入升结肠并灌满盲肠;十六个小时后,它们进入直肠;二十个小时后,它们聚集在肛门附近,强烈刺激肛门括约肌,要求重见天日。很快你又用生理卫生知识补充了上述流程,它们包含的大量水分,将有半数被胃肠析离,渗入肾脏和膀胱,通过管道重见天日,还有很少一部分将在血管中循环,进入心脏,再压缩到每一根毛细血管直到头发梢子。你把瓶口放在牙齿上磕碰了几下（你生怕浪费掉一滴药液）然后一松手，让宽瓶子垂直掉进墓下的绿草丛中。你略略感有几分遗憾，原以为多么了不起的事情，真要干起来其实简单得不得了。半分钟内，你并无感觉；一分钟后，你感到胃肠中有一千个兴奋的思想在碰撞。你突然明白了这是蛔虫们的思想，它们一定在抢食着芳香的药液，你想到这些寄生虫的命运一般来说都是这样。能与寄主共存亡，应该是高尚的寄生虫。蛔虫具有相当多数的人不具有的道德风范。你欲为蛔虫高唱赞歌的念头刚一转动，一阵巨大的痛苦扼住了你的咽喉。你无法知道你的一声呼叫是多么凄厉，在这宁静的夜晚里这呼声传得是多么遥远。紧接着咽喉的痛楚，一团熊熊的烈火在你的胃里翻滚起来，你听到自己的头发梢子像燃烧的豆秸一样噼噼叭叭地响着，腐烂苹果的香气像浪潮一样涌来涌去，你从鱼翠翠的坟头上滚下来，脚牵着葛藤，手扶着麻茎，眼望着繁星，满耳的雷鸣。但痛苦很快就消逝了，你大汗淋漓，四肢柔软，瞳孔紧密收缩，终于缩得比针尖还小，黑暗如锅底般罩下来……你恍惚觉得有一只手牵着你走，那只手很大很柔软，那人身上有股熟皮子的味道……爹！我又见到你啦，爹！……自从确诊为肝癌之后,父亲就放下手中的锄头,休息了。父亲在痛苦中挣扎。娘打听到一个偏方:用瓦盆炖白米癞蛤蟆,不许放盐。娘去买了一斤大白米,让你到田野里去找七只癞蛤蟆。越老越大越好。你提着一个瓦罐下了田。那时你十四岁。沿着一条浅水浑浊、丛生着臭蒲棵子野芦苇的小沟你往前走。你左手提着瓦罐,右手持着一根枝条。你自小怕蛇怕蛤蟆,但为爹的命,你什么都不怕了。你赤着脚,你感到脚在臭蒲棵子里极不安全。你抽打着野草,抽打着臭蒲剑一样的叶子啪啪响。弯曲的爬蛇惊惶地逃窜,你周身冰凉,仿佛蛇在你背上爬动。癞蛤蟆是蛇的敌手也是蛇的近邻。一只背生豆粒大的癞疙瘩的老蛤蟆噗噗嗒一声跳到你的脚背上,你惊叫一声,跳到一边;又跳到一条蛇背上;蛇疾速地扭回头,对着你吐出鲜红的叉舌。你飞到沟上收割过的麦田里,跌坐在地上,你只想逃,你感到到处都是阴冷和滑腻。一条蜥蜴贴地飞蹿着,从你面前。你也怕它,但比较而言,它一点都刺不动你的神经啦。那时你还是一个天大的孝子,为了爹,你一闭眼,又跳进了沟里。那只老蛤蟆不慌不忙地爬着,它差不多有一只碗口大,阔嘴,大眼,唇边还有一片米粒大的小红点。它爬着,沉重的肚子擦得草叶响:嗞啦——嗞啦——嗞啦——你觉得它好像在你肚子上爬行，它的湿漉漉的肚皮摩擦着你的湿漉漉的肚皮。它停在两棵臭蒲之间，抬起一只前爪，搔了一下它的脸。你举起枝条——又放下来。母亲告诫你一定要活捉，不能打，一打，流了酥，就没用了。老蛤蟆冷冷地打量着你。你把牙咬紧，对着它弯腰，它吐了一下舌头。你眼睛酸酸的，这一定是个蛤蟆精啦。你把上牙咬进下唇里，猛一伸手把它抓住，它的背又滑又涩又冷又热，它抬起一只爪子搔你的手——你从此知道了癞蛤蟆也生有指甲——它沉甸甸地坠手，它"呱"了一声，又沉闷又潮湿，这声音不是你的耳朵听到的，你认为是你的手听到的。你把它扔进瓦罐里。它在瓦罐里愤怒地爬动着，它的脚指甲划得罐壁咝咝响。如果不怕了，效率很高。你抓够了七只大蛤蟆，满满一罐子。你发现了一只三条腿的蛤蟆。它十分艰难地爬行着，休歇的时候，它缺腿的一边身体就歪在地上。你跟在它身后走了很久，健全的蛤蟆和笨拙的爬蛇全被挤到意识之外，你什么也不想，只是跟着它走。从此它的形象就储藏在你的记忆库里。母亲找了两个大瓦盆，把米放进一只盆里，添上一瓢水。看着满罐子眨巴眼吧唧嘴的蛤蟆，母亲不敢动手。母亲说：永乐，你，把它们抓到盆里去吧。你搬起罐子，把蛤蟆们倒进瓦盆。蛤蟆在瓦盆里跳跃，游泳。娘赶紧把另一只瓦盆扣上去，这只瓦盆稍小，扣得大盆严丝合缝。锅里早添好了水，你把两只瓦盆——自然连同蛤蟆白米端进锅里，娘盖上锅盖，锅盖上压了一块捶布石。娘坐在锅前，烧起火来，先是急火，后是文火，烧了整整一个下午你闻到弥漫全屋的蒸气里有一股奇异的味道，不是香，不是臭，不是酸，不是辣，不是苦，不是甜……那只能是白米清炖癞蛤蟆的味道……揭开瓦盆时，你看到那七只蛤蟆生龙活虎般蹲在卧在仰在跪在瓦盆里，每一粒大米都碧绿碧绿，也是天下难找的米饭啦……爹夹起一只熟透了的蛤蟆，张嘴就咬……你掉头就跑，你跑到门外，把苦胆汁子都吐出来了……爹，你是被癞蛤蟆毒死的吧？那只拉着你的大手松开了，你感觉身体犹如一枚银色的硬币，在井水中摇摇曳曳地下落。一瞬间你又看到光明了。第一次见到光明是二十四年前的事情了。第二次的光明和第一次的光明像两道强烈的灯光，遥相呼应着，照亮了一条幽暗的隧道，隧道穹顶上悬挂着无数晶亮的水珠，水珠逐渐拉长，迅速地中断，垂直地落下，悬在穹顶上的水珠根急遽收缩一下，又缓缓地变圆，下垂，中断，下落。水声叮咚，震动空壁回音。地下污泥浊水上漂着驴马的粪团，散着扑鼻的恶臭。你就是从这条隧道里走出来的，你就是从这根阴暗的管道里钻出来的。钻出来之前你就痛苦。母亲的强韧的子宫壁开始频繁挤压你，你在透明的羊水里不敢睁眼，你拳打脚踢，抗拒着挤压。你听到了胎盘与子宫剥离的声音，噼噼啪啪的，像爆炒黄豆一样。你闻到渗入羊水中的血腥味。子宫壁痉挛收缩，像直肠排泄大便一样排泄你。你尽力抗拒，但世界狭窄，无所措手足。你痛苦地感觉到自己在蠕动，管道狭小，卡着你的头，你的头像块热蜡一样变了形状。后来，一道强光射来，你稍一睁眼，便感到光明袭来的痛苦，墙缝里刮进来的冷风像刀子一样割着你娇嫩的肉体，你张开沾着血的嘴哭起来，你感觉到人世间极端寒冷。你不停地啼哭着，诅咒着割人股肤的寒冷。你感到一根粗糙的手指擦去了你的眼泪，你听到有人惊讶地说：小孩子还有眼泪？你恼怒地睁开眼，看到了一张张绿色的脸，你立即闭了眼，你伴随着剥剥作响的窗纸又继续恸哭下去。第二次见到光明你有些许的欢乐，光明外溢，隧道沉入黑暗，响亮的滴水声隐隐犹在耳，但渐去渐远。成千上万朵黄麻花蝶群迁徙般飞舞着，它们像一条宽大的彩带在奇光异彩中飘荡着。你感到气闷，肺叶里充满气体，肺叶膨胀成笨拙的羽翼，你喘息，挣扎着起飞，跟着黄麻花飞升，进入闪光的蝶的河流。我的喘息是你扇动羽翼的声音。追着彩蝶，追着光，追着鱼翠翠那两朵丰满的乳房。你随着蝶的流，忽高忽低，忽上忽下，忽快忽慢，忽急忽缓，风从你身上流过去，梳理着你光滑的羽毛。你俯瞰着大地，云朵也在你身下，蘑菇状的、树冠状的、森林起落般的云层在你身下飘移着，你透过云的眼看到大地；村庄与河流；树木与沙丘；有两个孩子手拉着手，站在黄沙滩上，看着灰色的河水缓缓地流淌；一个妇女抱着一个小孩子，在田间小路上飞跑着，一个男子追在她的身后；一辆骡车陷在洼地里，骡子卧在地上，嘴巴扎在泥里，随着驭手凶狠的鞭打……你飞翔着，盘旋着，在上不着天下不着地的空间里，你感到轻松自由、无拘无束，肉体不痛苦，灵魂不痛苦，你宁静，无欲无念，你说：欢乐呵，欢乐！我再也不要看你这遍披着绿脓血和绿粪便的绿躯体、生满了绿锈和绿蛆虫的灵魂，我欢乐的眼！再也不要嗅你这扑鼻的绿尸臭、阴凉的绿铜臭，我欢乐的鼻！再也不听你绿色的海誓山盟，你绿色嘴巴里喷出的绿色谎言，我欢乐的耳！永远逃避了绿色我欢乐的灵魂！现在你看到了一群赭红色的孩子在浑黄的河水中嬉闹，洁白水花飞溅到你黄金般的脸上；你听到了枣红骡马咀嚼杏黄草料的声音，你嗅到了不生绿叶的艳红的野蔷薇浓郁的香气……你在蝶的河里游着泳，蝶一样的黄麻花团团簇簇地包围着你，满眼辉煌，触目无绿，你欢乐！从地上传来惊雷般的询问声：什么是欢乐？哪里有欢乐？欢乐的本质是什么？欢乐的源头在哪里？……请你回答！

篇外篇：中学生作文选

我的母亲和她的小鸡（节录）

……每年的初夏，麦子黄熟的时候，昌邑县赊小鸡的汉子们就用大扁担挑着分成多层的大鸡笼来了。鸡笼里装着密密匝匝的小雏鸡。老远里就能听到汉子们唱声："赊小鸡喽——赊小鸡喽——小鸡喽赊小鸡——"赊鸡汉们买卖最兴隆的时候是中午饭后，那是一天里最热的时候，人们都在大树阴影里乘凉。赊鸡汉子挑着鸡笼来了，他们的扁担又宽又薄，溜光溜光的，暗红色。他们的扁担弹性好极了，一千只小鸡压在他们肩上好像没有分量似的。

母亲今年赊了老韩的鸡。

老韩年年都来赊鸡，胡同里的人们都认识他了。老韩是个红脸汉子，个头很大，耳朵上赘生一块肉,像个奶头一样,老韩自己说那是个拴马桩,主福主贵的。

老韩挑着两笼鸡来了。他把鸡笼放在我家房山的阴影里,撩着蓝色大披布擦脸上的汗水,一群女人们坐在树下纳鞋底子。老韩对着她们喊:"嫂子们,赊鸡,今年是美国鸡种,长得快,下蛋多。"

女人们正寂寞着,老韩不叫也会围上来的。

母亲说:"老韩,一年没见,又显老啦!"

老韩说:"一年不是一年喽,老嫂子!"

母亲问:"渴不渴?"

老韩说:"给碗凉茶吧!"

母亲提出一瓦罐白开水,瓦罐上扣着一个蓝瓷大花碗。

老韩喝了两碗水,含着一大口,往一袋子小米上喷喷。然后揭开笼盖,扬撒着小米喂鸡,小鸡唧唧地叫着抢米粒吃,好看极了。

有才家媳妇问:"老韩,这些小鸡出壳几天啦?"

老韩说:"三天啦。"

"它们一出壳你就挑着来了?"

老韩说:"可不,一天一百五十里路。"

"你真是飞毛腿。"

老韩抬抬局促着团团静脉的腿,说:"好汉赶不上挑担的。"

我想起来了,赊鸡汉子们走快了时,扁担连着鸡笼呼闪,就像老鹞子起飞一样。

女人们都选鸡,由于是秋后交钱,大家都敢抓。只要能养活三分之一就够本。

都想选母鸡。

老韩是能认出雏鸡雌雄的,但他不帮任何人选。女人们把选好的鸡拿给他看。问几个公,几个母,他笑着说:"除了公,就是母,老韩不赊二尾子鸡。"

"死老韩!"

"你们这些女人哪,生孩子盼男孩,抓鸡盼母鸡。"

母亲赊了十只小鸡,五只白的,五只黑的。两个月后,小鸡能分出公母来了,五只母的,二只公的;一只还难分雌雄。那两只被老鼠咬死了。母亲说:"可恶的耗子!"

中秋节快要到了,我家那两只小公鸡开始学习打鸣了。母亲说:"过了中秋节,老韩就该来收鸡钱啦！"

母亲今年养的鸡成活率高，出母鸡也多，赊十只鸡两元，一只小鸡起码卖六元，五六三十元，不算那两只公鸡和那只迟迟难分雌雄的二尾子鸡就赚了。

乐极生悲。母亲用磷化砷拌了一捧麦粒毒老鼠。夜里放在草垛后，早晨忘了收，八只小鸡把毒麦抢着吃了。鸡中了毒，都坐在垛边打盹，嗉子胀得像气球一样。那只二尾子鸡弯勾着脖子，怪模怪样，我真厌恶它！

母亲捶着自己的头，难受极了。

母亲跑去找医生。医生当然不管这事，村里那么多病号，光人就够他治的了。

母亲坐在门槛上，看着那些刚才还活蹦乱跳的鸡，吧嗒吧嗒流眼泪。

我说："娘。要是能切开鸡嗉子，把毒麦粒挤出来就好了。"

母亲说："只好这样试试啦。"

母亲找出一把父亲用过的剃头刀子，磨去了锈；又找了八根针，引上八条线。针、线、刀子都用烧酒洗了，消了毒。

我扯着鸡腿，按着鸡翅膀，帮母亲为鸡动手术。

母亲先拿那只绿色二尾子鸡开刀——谁让它公不公，母不母地讨人厌呢。母亲把鸡嗉子切开，挤出毒麦粒，再一针一线地把刀口缝起来。

为八只鸡开完刀，母亲累得满脸是汗。

母亲又用蒜白子捣了些绿豆，调成糊状，给每只鸡嘴里灌进去一些。

鸡们蔫了两天后，第三天就照样吃食、追逐，跟没中毒前一模一样了。那只绿鸡该死也不死。

母亲布满皱纹的脸上，出现了我从没见过的幸福的微笑。

过了中秋节，赊鸡的老韩就该来收鸡钱啦。

（一九八七年）

雨 中 的 河

一

银灰色的雨珠像一颗颗晶莹的珍珠,不紧不忙地洒落在这条静静的几乎看不出是在流动的河里。河水是那种深山里特有的河水,蓝得墨绿。雨珠落在水面上,溅起细微的浪花,水面上出现连成一片即显即逝的小小的同心圆波纹。深山里是如此宁静,深山里的河是如此宁静,雨珠敲击水面的叮咚声和雨珠落在山谷间林梢之上的扑籁声,更显得这里幽邃渺然,奥秘无穷。

这条河从"七〇五"部队大院前面缓缓流过。每逢星期天、节假日,大院里总要溜出一些青年男女军官,来到这河边,坐在河边平坦的滩地上,吃一顿,喝一顿,开心地吵嚷一阵,并把花花绿绿的糖纸,扁的、圆的罐筒盒子，粗的、细的啤酒瓶子，一股脑儿扔到河里。这些食品垃圾浮在水面上，要漂上几天几夜，才能进入离B城五十里的那条柳条河，然后，再经过千回百折，最后到达浩渺无边的汪洋大海。

……河上起了一阵微风，雨珠斜飞起来，河水皱了。鱼鳞般的小波浪顺着轻风层层叠叠地向前延伸。一条青灰色脊背的鲢鱼跳出水面，银色的肚皮在水汽蒙蒙的河面上偶一闪现，划出一道鲜明的圆弧。鱼儿落水时发出"啪唧"一声响，溅起的水珠恰恰与一条顺流而下的小船激起的细小浪花混在一起。小船在河上犁开一条箭头状的水纹，始而鲜明，瞬息消失，这种出现与消逝不断重复，虽然一切都在变，但终于因为这种连续性的相似重复，竟使人根本不去想一瞬间究竟有多少朵浪花生出，又有几多浪花重新与河水融为一体。

这是一条深山里静静的河，两岸时而是夹峙的奇峰，时而是绵亘起伏的山脉，还有忽而空旷豁然忽而狭窄隈隩的谷地。河里有一条无声无息地滑动着的小木船……

后来，大概是上午十点多钟的光景，天空中出现了一边阳光明朗、一边细雨蒙蒙的迷人景象，明丽的初夏艳阳便照亮了船上四个年轻人忧悒沉重的面容。这是一男三女四个年轻军官,分坐木船两舷,不划桨也不摇橹。雨珠挂在他们脸上,像滴滴泪水。雨水打湿了他们的军衣,使草绿色军装变得像暗绿色的马裤呢一样严肃凝重,帽徽和领章则更显得鲜红。

"开始吧……"坐在小船左舷,一直怔怔地盯着小船中间那蒙着鲜红旗帜的方方正正的东西,双眼孔武有神,面部线条粗犷豪放的青年军人低沉地说。

与青年男军人对面而坐的那个瘦弱颀长的姑娘慢慢地转过头来。圆圆的细腿金丝边眼镜下那两只细长的眼睛看了一眼说话的青年男军人。与她坐在一起的是一个白净秀丽,军装也掩盖不住"洋"气的漂亮姑娘,她好像没听到青年男军人的话,大大的眼睛正茫然地望着河左岸此时正展开的辽阔的谷地和河滩上蓬生着的翠绿水草。与青年男军人并肩坐着的是一个胖乎乎的姑娘,她双手捂着脸,垂着头,一动也不动。

"开始吧……"男军人又说。这时,四个年轻人的目光便聚在了小船中央那个方方正正的、蒙着红旗的东西上。空气仿佛停止了流动,雨点直直地落下来,小船慢得像春蚕在桑叶上蠕动,周围的一切都恍若画在纸上的静物……山,河,树,蹒跚在河边水草丛中的翠色野鸭,徜徉在浅水中的高脚鹭鸶……

二

总部机关那幢戒备森严的米黄色大楼里，特别电台正在当班的那个姿容秀丽的女报务员流利地抄收了从"831"特勤小分队发来的密电。这份电括报文很短，无线电传送只用了几分钟。女报务员抄完报，偷偷地打量了一下周围的人，随手从衣兜里掏出一块奶糖填到嘴里。喜欢吃零食是当兵的女孩子的流行病，连这个端坐在无线电巨大耳朵下的姑娘也不例外。"顶头上司"转到她的身边时，她的嘴巴连忙停止咀嚼，奶糖粘在牙上，酸溜溜地在嘴里融化。

报文送到第一译电室，译电员很快把电文译成了这样的几行字：

破庙里只有四只蝙蝠会飞翔，其余的没长翅膀……

电文被装进皮夹按顺序向前传递。半个小时后，在总部某首长办公桌上，出现了这样一份文件：

"831"急电：

T·H机场只有四架"M·G"27型飞机，其余全系模型……

鬓发斑白的老将军看完文件，双手撑着写字台，上身挺得笔直，仿佛要站起来。他的细小的眼睛里射出的冰冷的光线直盯在墙上那幅拉开帷幕的巨型地图上。他保持着这个姿势约有几分钟的光景，便猛地站起来，捏着一支粗大的铅笔，步履沉重地踱到地图前，在地图的某个点上，用红铅笔划了一个醒目的记号。他轻松地吐了一口气，骂道：

"这帮龟儿子，糊弄了我们十几年！"

将军抄起电话筒：

"接02。"

"我是02。"

"立即通知各部，明天上午八点在作战部召开紧急会议。"

"接03。"

"我是03。"

"通令嘉奖'831'特勤小分队全体人员。"

"接05。"

"我是05。"

"'831'特勤小分队带队人是谁？"

"……田夫。"

"嗬！又是这只老田鼠！他不是离休了吗？不是有严重疾病吗？真是好样的，这家伙！他回来了吗？让他速来总部见我!"

"他……"

"他是好样的,我要给他记一等功!"

"他已经牺牲了……"

"什么什么?同志哥,你莫开玩笑嘛。"

"首长……昨天下午,我们收到'831'急电,田夫同志,牺牲在岗位上……"

老将军沮丧地坐在椅子上,兴奋的脸上突然显出疲惫不堪的神情来。好半天,他才嗓音暗哑地对着话筒问:

"小分队现在在什么位置?"

"已撤到V市。"

"立即派飞机把他们接回来,到总院全面检查身体,然后送他们到北戴河疗养三个月。"

三

……"老田头",你这样一个好老头儿——不,你不老——说死怎么就"嘎嘣"一声死了呢?去年冬天,你带我们去执行"831"计划时,还是一个咬得动铁、嚼得动钢的结实老头儿,你选拔小分队队员时,还特意地把我这个曾想脱下军装当尼姑的落后分子选上。你说，要让大戈壁的风浪和部队里绚丽多姿的生活打破我的"尼姑梦"。老田同志，既像父亲又像兄长的你，我永远不会忘记你……

"休怪我看破红尘，只怨生活对我太无情。"那时你还是部队长，还未免职离休，我就对你这样说过。自古红颜多薄命，真真不假，我在你面前哭了。十八岁时我下乡插队，在那些黯淡的岁月里，我把一个姑娘所能奉献的一切给了一个人。后来，他考上了大学，就……这样的故事世人都听厌了，我也不愿意对你啰唆了。但是，我必须告诉你，我没有消沉，我发愤努力，三年之后，竟考进了名牌大学，和他那个三流大学同在一座城市。有一次在公共汽车站上，我们又碰了面。他惊愕地打量着我胸前的校徽，讪讪地跟我打招呼："茸茸……"我说："你认错人了！"

这几年，我是吉星高照，学业上一路顺风，成绩一直名列前茅；爱情生活更美满——我遇上了一个温柔多情、正直淳朴的好青年。我们说好了等我一毕业，马上就结婚，因为我已经二十八岁，已经到了结婚的年龄。可是，谁能知道，就在我们这届大学生即将分配的那些日子里，他遇上了车祸！头天晚上我们还依偎在公园墙外的长椅上，数着天上的繁星编织我们未来生活的美梦。一颗流星像一滴燃烧的眼泪窸窣有声地划破夜空。我说,我像小孩子似的重复人人都知道的预言:"一个人要死了。"他说:"也许,世界是生和死的统一,每时每刻都有生命在形成、诞生,也都有生命在衰老、毁灭。""我不求长命百岁,哪怕只活三十岁,但只要我们一同死……"他捂住了我的嘴:"傻丫头!怎么满嘴都是晦气词儿,死,不属于我们,恋爱者生命永存。"

……只过了一夜。我们约会后的第二天,他就……那个该死的卡车司机喝醉了酒,把十吨大卡车开到他的身上,把他和他的自行车辗压在车轮之下……

分配名单公布了。同学们有的欢笑,有的沮丧,甚至有的还恸哭,唯有我像个木头人一样毫无反应。对我来说,一切都失去了意义,分配我到部队当兵和分配我去科学院研究所都无所谓,我不过是个活死人,我的一切都被那个罪恶的车轮碾碎了……我的爱情,我的未来生活的花环……这就是生活,这就是命运……

我已经没有力量鼓起风帆再次冲击生活之浪了,我疲惫了、精神上垮了。我机械地收拾着行装,机械地到部队报到。下了火车上汽车,最后又乘上军用卡车,满路风尘,穿过一道道岭,翻过一座座山,尽管路两侧野花盛开,树木蓊郁;尽管山间有洁白的云朵盘旋,矫健的苍鹰翱翔；但这一切对我都是多余的了。我的脑海里跳动着的、闪现着的都是他的形象，他的质朴的笑容，他的亲切的话语和温存的爱抚……

我回顾了走过的人生之路，发现自己是一个真正的"薄命红颜"。几经浮沉，几经颠沛，都没能逃出命运魔掌的拨弄。我不相信上帝，但我相信命运。命运是什么？命运是一种机会，一种偶然性，一种巧合，一种时隐时现、信其也许无、不信其也许有的综合力量。生活真是毫无意义，奋斗成名、出人头地、青云直上、踌躇满志，到头来也不过是过眼云烟、一场春梦……

那天初进山时，卡车在云台山小停。你那时还是部队长，还未免职离休，是的，还是个大官。你命令卡车停下来，率我们爬上云台山参观佛教遗迹。山上有寺，山下有庵，寺里有和尚，庵里有尼姑，在缭绕的香烟中，我看到了成群的香客在双手合十，顶礼膜拜，我的心一动，我的心强烈共鸣。上帝！南无阿弥陀佛！救苦救难普度众生的观音菩萨！收留我这个心如死灰的迷途羔羊吧。我的双眼恍惚，耳边响起仿佛来自天国的音乐，双膝一屈，跪倒在金碧辉煌的佛像脚下，泪水盈满了我的眼眶……

幸好那时我还没换上军装，还是个社会上的红男绿女。我的举动,并没惊动香客和游客,却震惊了你,震惊了与你同车前来的贾钢铁,也震惊了其他大学里分来的同学。一个人既然把什么都看破了,也就没有什么不敢干的事情,没有什么顾忌。走出寺庙,俯瞰山下,卡车小如方匣,人流犹如蚁群。远处高高低低的山峦波浪似的无尽延伸着。近处的山坡上,山榛子树披着满身色泽柔和的金黄色叶片。我看到,有一片叶子飘落下来,被一阵轻风卷动着,不由自主地翻滚。我想,一个人犹如落叶,风就是它的主宰,它不知自己从何处来,也不知自己往何处去……

我把满肚子的话毫无保留地对你说了。我恳求你允许我脱下军装到云台山下尼姑庵里去当尼姑。你哈哈大笑起来。你递给我一本杂志,说:"这上边有一篇小说,你先拿回去看看,明天是星期天,我们到河边去转转。"

杂志拿回去了,小说,没有读,它即使写得深刻,但不具备点悟迷途的力量,艺术毕竟不是现实。

星期天上午,是一个明朗的秋日,营区前面这条河边有成群的青年男女军人在洗涮。你带着我,沿着河滩溯流上行。

你眯缝着细小的眼睛问我:"小说读了吗?"

我点点头。

"还想当尼姑吗?"

"想。"

"姑娘,这可不是个好差事啊。出家人要六根清净、万念俱灰,我看你还远远没有达到那种程度。你现在是被生活中的不幸打破了感情与理智的平衡。你心里有恨,有爱,这叫七情未灭、六欲未灰。你遁入空门,可是不及格的啊。"

"我决心斩断七情六欲,平息一切波澜,把心里变成死水一池……"

"这是不可能的,姑娘。人生在世,的确是不容易,但只有傻瓜和懦夫才采取逃避生活的做法,才在严峻的生活面前灰溜溜地当逃兵。因为生活毕竟是美的,是向前的,它就像这条河,迂回曲折,但毕竟是要流出深山,汇进海洋。姑娘,没有真正一帆风顺的人,谁都有痛苦,当然这痛苦有大有小,有缓有急。我本不愿意在年轻人面前揭开自己心灵深处的疮疤,你是例外,愿意听听我的经历吗?"

我点点头。望着你瘦得颧骨突兀、眼窝深陷的面孔。

你说……我现在是一条老光棍儿，无亲无故。我也曾有过一个温柔和顺的妻子，她虽长得不十分漂亮，却优雅大方。一九五七年我从苏联进修回来，和她结了婚，不久我们生了一个儿子。儿子长得又白又胖，眼睛鼻子像她妈妈，比我帅气多了。当时，我在北京工作，她在某医院当医生。家庭美满，生活顺利，我们确实过了几年蜜里调香油的好日子。

一转眼到了一九六一年，中印边境有惯匪捣乱，这帮野狼，袭军营，抢牛羊，什么坏事都干。他们行动诡秘，咬一口就跑，咱们的边防部队恨得牙根发痒，但有劲使不上。西藏军区张司令向军委汇报了情况，军委首长说，把咱们的"顺风耳"调上去！一声令下，我们一翅子从北京刮到了西藏。

西藏其实是个风光瑰丽奇幻、风俗朴拙剽悍的好地方。那里天空蓝，阳光白，大姑娘都有一个古铜般熠熠生辉的脸盘。那里的河水湍急，排球大小的石头满河滚动，山上成年累月白雪皑皑……内地人乍到西藏，胸口像压上了一块砖，憋闷得慌。我一天流好几次鼻血，张着大口喘粗气。幸好那时年轻，身强力壮志气大，咬咬牙就挺过来了。

张司令亲自接见了我们，亲口交代了任务。我们组成了一个小分队，带着机器、帐篷、锅碗瓢盆，乘上两辆"嘎斯"51大卡车，从拉萨出发，向着边境开。汽车先是在路上走，后来没了路，就沿着干涸的河床，摸索着向前开。走了七天，打开地图一对照，知道来到了"魔鬼山谷"。选了个近河的大山沟我们扎了营，一待就是四个月。这地方气候好怪，中午热得可以穿裤头，早晚要穿皮大衣。夜里睡觉谁也不敢脱衣服，皮帽子放着扇，嘴上戴着口罩，早晨起来，眉毛上结满了冰霜，耳朵眼里全是沙土。

那次我是小分队队长，除了亲自上机作战外，夜里还要轮班站岗。风顺着山谷扑进来，像要把人刮走。十几斤重的皮大衣，穿在身上像一张纸一样，一下子就吹透。黄豆大小的砂石满天飞舞，真正的飞沙走石。天上的星星也被刮得不敢露面。有时候，月亮出来了，就挂在山腰上，不知名的鸟就在月亮旁边叫，怪声怪气，听了让人头皮发爹。这些情景，要是让写小说的人知道，够写二百张稿纸了。

我们胜利地完成了任务，那股骚扰边境的惯匪在空中泄露了他们的机密，消灭他们仅仅是个时间问题了。当然，这仅仅是中印边境反击战的前奏。小分队解散了，但我未能回到北京。在西藏我待了五年，五年没回一次家,连家信也写得很少,那时候,忙得真是团团转啊……

　　一九六五年初冬,我的妻子带着孩子不远万里看我来了。跋山涉水、风尘仆仆,在路上走了二十五天。我的儿子已经八岁,读二年级了。我的女儿也五岁了,我进藏时她还没出世呢。女儿名叫"想",想我这个爸爸哟。我这个爸爸可是个邋遢鬼,逢年过节才洗衣服,胡子挓挲着像个张飞,吓得女儿直往她妈怀里钻。妻子说:"想,不是想爸爸吗?这就是。快叫爸爸!"女儿转过小脸,怯生生地叫了声"爸爸"。这小宝贝,脸蛋儿红得像个苹果,两只大眼睛真水灵。我的妻子显得苍老了,才三十多岁的人哩,她的双手也裂开了一道道口子,这本是一双像丝绸一样光滑的手啊!可以想象出这些年她的艰辛。妻子和孩子在部队住了一个月,就急着往回赶。高原气候太恶劣,妻子天天说胸口痛。那时交通极不方便,好容易才搭上了一辆运送给养的军车。送她们走时,我本来不会哭,可是我的女儿哭了,女儿的泪引出了妻子的泪,妻子的泪引出了我的泪。那情景竟像生离死别。我的儿子一个眼泪也不掉,咬着嘴唇站在路边,把一块块的石头子儿踢下山坡。这小子,从小就有点男子汉的气度。

妻子走后五天，也就是一九六五年十一月四日，处长把我叫到处部。我一进门，就有两个孩子扑上来，一个是我的儿子，一个是我的女儿。女儿抱着我的脖子号啕大哭，儿子把脸埋在我的胸前，泪水打湿了我胸前的衣服。处长说："老田同志，坚强些，你的妻子遭到了不幸……"

原来，汽车一上路，妻子怕驾驶楼里人多，影响司机工作，就自个儿爬到车厢里，车至康藏公路飞石区，一块磨盘大的石头从天而降，正砸在……这飞石区的险情本来早就排除了，谁知道……

当时，你的嗓子哽住了。我看到亮晶晶的泪水从你眼里涌出来，我感到胸口发堵，想说点什么又不知说什么好。我只好扭过头去看河水，河水在阳光下闪烁着，水面上跳动着万千光点……

嗐，说老实话，当时我也想过，这也许是"命运"……我的妻子，多好的人儿，来部队一个多月，她忍受着强烈的高原反应，给我们这些当兵的看病，拆洗被子。有些十八九岁的小战士没病也要让她给摸摸脉。她总是笑眯眯的，用微笑温暖着这些远离家乡的大孩子们的心。她走时，战士都泪汪汪地来送她。那个江苏籍的小兵还爬上雪峰，采了一大束雪莲花送给她。把她也感动得热泪盈眶。当然，承受她的温暖最多的还是我。说了不怕你笑话，那时候，我生了满身的虱子，妻子把我的衣服放到开水锅里拼命地煮，一边煮还一边骂我："还是大学生哩，还吃过洋面包哩，早知道你能变成这副脏样子，说什么我也不嫁给你。"我的儿子问道："妈妈，爸爸当年挺帅，是不？""帅什么！他从来没帅过，冬天衣服雨打不湿，夏天衣服皱得像擦脚布。""不，妈妈，爸爸帅过，我看过爸爸的照片，爸爸戴着大檐帽，肩上挂着肩章，帅极了！"……我当年帅过吗？谁知道，我认识她是在一九五四年的大学生新年联欢会上，那时她是医学院的学生，刚刚二十岁，像一只洁白可爱的小和平鸽……

生活中常常出现一些漩涡、激流，偶然性往往造成一些悲剧，这种情况，永远不会绝迹，关键是要正确对待……上级给了我三个月的假，让我回家安排一下。我把妻子埋葬在雪山脚下，剪下她那缕略呈灰色的头发，珍重地保存起来。我在北京没有亲戚，就把两个孩子托给河北老家一户亲戚。我又回到了西藏……

妻子死后，我一下子衰老了许多，脸上的皱纹似乎每天都在增加，头发成绺地脱落，不久就秃了一半。我当时也像你一样，浸泡在感情的沼泽里不能自拔。但这时，北部边疆响起了枪炮声，军委命令加强北线，从西藏×局抽调一批老同志。我第一个报了名。国家安全受到威胁，个人的痛苦算得了什么？

　　我跟随北线工作队到了新疆，一九七〇年春天，我收到河北老家发来的一封信。我那家亲戚老人病故，女儿出嫁，我的儿子、女儿无人照顾，村里让我想办法。我把情况跟上级汇报了，上级说："田夫同志，我们这里工作初创，像你这样的骨干，走一个塌一块天。孩子可以接来，让他们在喀什留守处读书。"领导重视我，是我的光荣、骄傲，我决不"草鸡""装孬"。我匆匆赶回老家，办好孩子们的户口迁移手续，领着他们上了路。到达乌市时，正是四月份。那时南疆没通铁路，飞机票又不好买。我和两个孩子乘上了长途汽车。这可是真正的长途哟，从乌市到喀什，要走整整八天。车行在大戈壁上，一天也难见到个人影，只有一群群黄羊从车窗外箭一般掠过，偶尔能碰上个赶骆驼的牧民，他从驼峰上抬起头来，迷惘地看着这辆风尘仆仆的汽车。长途旅行折磨得我的两个孩子像离了水的豆芽菜。上路第三天，女儿就病了，发烧，说胡话，嘴唇上满是燎泡，后来就喘成一团,小小的胸膛里像有小鸡在鸣叫。车上没医没药,沿途没有医院,我心里火烧火燎。有一位旅客拿出几片阿司匹林,可这管什么用。晚上,车停在一个小县城,我抱着女儿,疯子一般冲进医院,可是,晚了……我的想想,花一样的小女儿,就这样去了……我流了一生中最多的一次眼泪。我的胸前全湿了,浑身打着哆嗦,仿佛随时都有可能倒下去。我的好儿子在这关键的时刻给了我安慰。他说:"爸爸……您别哭……妹妹死了,我养您的老……"我一下子把儿子搂在怀里,眼泪像雨点一样落在他的头上……

女儿的死,对我的打击太沉重了,我的身体越来越差,头发掉光了,牙也掉了好几颗。夜里睡不好觉,一闭上眼睛就看到妻子和女儿。我的记忆力越来越坏,工作中接连出了几个纰漏,领导虽然没说什么,同志们虽然谅解我,可是我已经吃不住劲了,我难道就这样完了吗?就要在这个感情的泥淖里挣扎一生吗?人死了,但社会在前进,事业在前进。我猛然惊醒了。我开始克制感情,锻炼身体,猛吃猛喝猛睡,一心投入工作,人们都说我年轻了,重新朝气蓬勃了。

前几年,"七〇五"新基地创建,总部把我从新疆调回来,让我担任部队长。职务升了,级别高了,工资几乎翻了一个番。我一个老头子,哪能用这么多钱?写信给儿子,想给他寄点去。儿子回信说:"爸爸,我的津贴够用了,有钱您就买点滋补品养养身子吧。"

对了,还忘了跟你说说我的儿子了。他在喀什读完了高中,一九七六年参了军,先是在济南军区,一九七九年对越自卫还击战前,他被抽调到云南边防部队。自家的孩子自家夸,我的儿子,高挑挑的个头,唇红齿白,写一笔好字,打一手好球,还会拉手风琴,真是要才有才,要貌有貌,可就是因为年龄大了一点,提不了干。到了云南后,他给我来过一封信,安慰我,开导我。儿子的胸怀远比我这个当爸爸的宽广。读着他的信,我的眼睛热辣辣地发涩。我心里说,好儿子,你就好好去打吧!爸爸这一辈子不会有什么大出息了,就看你的了。

儿子不要钱,我就存起来,将来给他娶媳妇时用。等他打完仗回来,一定要催他尽快成家立业,过上个一年半载给我生个孙子或是孙女,我就心满意足了。

反击战开始了。我天天听新闻,看简报,关心着战事,我为儿子高兴,为儿子骄傲,也为儿子担心。他的英武的样子经常在我眼前晃动。有时晚上做梦,梦见儿子端着机枪冲上山头,敌人在他的枪口前东倒西歪,像刚收割的麦田里的麦个子，我恍然又看到儿子受了伤，身上好几个窟窿在冒血，我捂住这处，又漏了那处……

儿子果然是个好样的，在攻打谅山外围的战斗中，他炸毁了两个暗堡，为胜利开辟了道路，攻打谅山时，他带着一个班缴获了五门大炮。战后，他立了一等功，被破格提升为副连长。报纸上登了他的事迹，登了他的照片。大家都夸我有一个好儿子，我自然高兴得不得了。战后，儿子参加了英模报告团，到济南军区作报告。空暇里他来看过我一次，但马上就被缠住了，周围几百里以外的机关、学校也不知从哪里得到的消息，都来争着抢他去作报告。那些天，是我这个老头子的黄金时代，当年我也曾立过功，但绝没有这种滋味。嗜，姑娘，养着个有出息的儿子是人生中的一大幸福，尤其是当你老了时，体会更加深刻。儿子出了名，好多姑娘都写信向他求爱，"七〇五"的女军官们更是醉了心，有几位恨不得要叫我"爸爸"了。我劝儿子定一个，结了婚再走。儿子却说，要去军校学习，不能分心，婚姻问题等几年再说。好小子，有志气！当爹的只能支持，不能反对。

儿子在军校学习一年半就提前毕了业，分配到边防侦察连当连长。我想，小子，这会儿该给你爹娶个儿媳妇了吧？老子已经给你准备了三千块钱，连人儿我都帮你物色好了，就是卫生科里的小燕子，第一军医大学毕业，技术过硬，模样端正，比你小四岁。小燕子对我异样地亲热，难道她知道我相中了她？

前年冬天，临近春节了，总部政委打电话把我叫去。我一进他的办公室，就感到气氛不对，老首长面色沉重，亲自为我倒茶递烟，我看到他的手在微微颤抖。我仿佛受了电击，遍身一阵麻木，心脏好像紧紧收缩成一团，久久舒展不开。不祥的预感像阴云爬上我的心头。难道……不，绝对不会，我就这么一个儿子，他是我的希望，我的支柱……我安慰着自己，极力往好处想。政委终于开口了："田夫同志，你生了一个好儿子，人民感谢你……"他紧紧地握住我的手，又说，"田光同志在巡逻时触发地雷，光荣牺牲了……"我眼前一阵发黑，一时间感到天旋地转，一屁股坐在椅子上……

党委批给我两个月的假期，让我到云南去料理儿子的后事。我到了儿子的连队，指导员向我介绍了儿子的情况，我的牙巴骨咬得紧紧的，一颗眼泪也没掉。我说："谢谢连队党组织对田光的培养，我要向你们——英勇的战士学习，也向我的儿子学习。"指导员给我敬了一个礼，叫了一声"父亲"，一头扎在我的胸前。这时，我的眼泪再也止不住了，像开了闸门的小河……

你说不下去了……正午的阳光照着你的脸，使你的刀刻般的面部线条笼罩在一片辉煌之中。远处黛色的群山默然肃立，近处银色的河水像一条绸带，我在你面前，沉重地垂下头，盯住脚下晶莹的卵石和蓬生的绿草。要不是军人，我也一定会扑进你的怀里，也放开嗓子叫你一声"父亲"。

你又说话了：小柳同志，本不该对你翻腾这些往事。事情过去了，我们可以追思缅怀，但不能被它困住。人该哭的时候应该放声恸哭，但哭过之后，要欢笑着拥抱生活。小柳，你才二十八岁，一朵花刚刚开放，往后的日子长着哩。幸福如这河水，旧的逝去，新的就会补充。想想我们的未来，多看看我们这条河吧……

田夫，老首长，我的永远不能忘记的朋友、老师，你怎么说死就死了呢？

几个雨点落在俏丽的姑娘柳茸茸的脸蛋上，与从她美丽的凤眼里溢出来的泪珠混在一起，然后簌簌地流动下来。

小船在缓缓行驶，雨中的河像朦胧的梦境……

四

……去年八月。我从上海复旦大学数学系毕业，没想到竟把我这样一个"如花似玉"的大姑娘分配到部队，当上了大头兵，这真是不幸中之大幸。

那天，当我走下汽车时，欢迎队伍里几百只眼睛都印在了我的身上。我抬头望望他们清一色的"黄皮"，低头看着自己身上鲜红、卡腰、大开领的连衣裙，不由暗自得意与好笑：可怜的大兵们，这大山沟把你们与世隔绝了，所以你们才少见多怪，其实，我这身装束在南京路上是普通而平常，我还有几套更时髦的衣服没穿出来呢，穿出来吓你们一跳。实话告诉你们吧，在复旦时，好多人称我"香港姑娘"呢。我抹过口红，描过眉，涂过黑眼圈，粘过假睫毛，指甲上还染过蔻丹哩……我故意装作无所谓的样子，使劲地皱皱鼻子，耸耸肩膀，立刻就看到人们脸上浮起鄙夷的神情。他们盯着我，好像欣赏一个怪物。哼，管你们呐，当兵的"哥儿们"，开开眼界吧！

一想到我也成了这"大兵"中的一员，烦恼开始啃咬我的心。天知道上帝是怎么安排的，天知道哪个老头子心血来潮，要到地方大学来招兵，而且还要招女兵！而为什么偏偏让我来当兵？是因为我跟班主任吵过一架吗？是因为我在政治理论课上听音乐吧？还是因为我拒绝了某副主任的求爱？呜呼，充军荒山的当代花木兰！正像那旧小说中写的，发声喊不知高低，叫声苦不知深浅！

你也来迎接我们。你，一个干干巴巴的小老头，军帽挂在后脑勺上，露着秃得发亮的脑门，两只很光彩的小眼睛，深深地眍在眼窝里，鼻子红红的，缺了一只门牙，说起话来口齿不清，"嘶啦嘶啦"漏着风。如果你脱掉军装，倒很像一个小城镇路边上贩卖耗子药的老头或是一个刁钻古怪的补鞋匠。恕我不敬吧，你确实不像一个师职大干部。在我的印象里，大干部都应该是个大个子，挺着大肚子，扯着大嗓子，拿着大架子，可是您呐？

到部队不久，就给我们发了军装。我们这次被征入伍的大学生共有四十名，换毕了衣服，大家都对着镜子前后端详。我心里难过极了，这麻袋般的裤子，饭瓢似的军帽，把我们给装扮成了什么样子哟。我脱下军衣，换上我的"香港姑娘"流行服，抱着军衣去找给我们当临时区队长的警卫排长贾钢铁。正好碰上你在那儿和贾钢铁谈话。

我把军衣往桌子上一掼,气哼哼地说:"区队长,这军装不合身,我不要了。"

贾钢铁打量了我一眼,翻过军装看了看号码,说:"你个头一米六,穿四号军装正合适。"

"不合适,裤子太肥。"

"嘿,先生,你以为这是牛仔裤,穿在身上包起来?这是军装,要的就是这个肥劲。"

"反正我不穿。"

"不穿也得穿!大家都能穿,就你特殊?就你羊群里蹦出个骆驼来?"

你瞪了贾钢铁一眼,拿起军衣看了看,说:"你就是倪亚非吧?是复旦来的?上海姑娘嘛,最懂得美。但是,小倪同志,部队服装是从实用价值来设计的,它要考虑到摸爬滚打的需要。如果你经过严格的军事训练,就会感到这军服的设计是合理的。当然,这肥腿裤子的确不如小筒裤精神。这样吧,我们破破例,你们现在每人发了两套军装,我批准你把其中一条改瘦一点,星期天,节假日,穿着遛遛弯,照照相,怎么样啊?"

"部队长,这是不允许的!"贾钢铁面红耳赤地说。

"特殊情况，特殊处理。"你意味深长地笑着说。

从这件小事上，我就感到你是个人物。你身上有那么一股子无法言喻的豁达潇洒之气，尽管你外表平凡，相貌不雅。

未到部队之前，我就听说过，军训是道鬼门关，死不了也要蜕层皮。我们到部队时，正是农历八月初，军训第一天就碰上了个好天气。九点钟之后，太阳就像发了狂，水泥球场上白花花地泛着刺目的光。二杆子区队长贾钢铁要我们着装整齐，腰里还要扎上那条四指宽的人造革腰带。军衣像热牛皮一样粘在身上，浑身像撒了稻糠一样刺痒难挨。在训练场上，赳赳武夫贾钢铁果然厉害，他的黑脸板得像块生铁，两眼像锥子一样刺人，喊起口令来，一声一个炸雷，吐得我心里直冒凉气。

死活算是熬下来一个上午。

下午，操场像一面热鏊子烘烤着我们这些文弱书生，胶鞋里满是汗水，两只脚像泥鳅一样在鞋里打滚。阳光炫目，我掏出一副麦克镜戴上，眼镜腿太宽，一低头就往下滑，我只好僵硬地仰着脸。

"倪亚非，把蛤蟆镜子摘下来！"

我撇撇嘴，从鼻孔里哼了一声。

"摘下来。"

我真怕这个黑熊一样的家伙上来给我一掌,只好悻悻地摘下眼镜,装进裤兜。我恨不得咬死这个不通情理的黑家伙。从出娘胎以来还没受过这样的罪,去你的吧,不干了,我蹲在了地上。

"站起来!"贾钢铁吼叫。

"我肚子痛!"

"……"

柳茸茸和厦大的一个女同学将我送回宿舍。我趴在被子上哭起来。

第二天,我联合了同一宿舍的四个女同学——女战友,狠治了贾杆子一下。

八点钟,他吹哨集合,我们谁也不出门。柳茸茸面色悒郁,好像有点坐立不安,这老大姐,那颗心就像一口深不可测的古井。厦大的胖子在嗑瓜子,武大的"小面包"在看小人书。我专心致志地修指甲。

敲门声。

用力敲门声。

一脚踢开门,他怒气冲冲地闯进来,吹胡子瞪眼地问:"耳朵聋了吗?"

"没聋。"我说。

"那为什么不出去集合?"

"病了。"我懒洋洋地回答。

"都病了?"

"都病了。"

"什么病?"

"传染性妇女病!"我使出了女性的看家本领——这也是从一本军队小说里学的,小说中,每逢女兵放懒总是来这一手。

他的脸像挨了两巴掌,抽身就走了。

我们得意地抱成一团大笑——柳大姐自己在床边坐着,眼睛潮津津的。操场上传来贾钢铁洪亮的口令声。我忽然感到心里空虚得很,难道我的青春、生命,就要在这个大山沟里度过吗?难道我苦读寒窗十几年,学了满肚子数学就是为了练练正步吗?不,我必须及早离开这个鬼地方。我铺开纸,拿起笔,写起了转业申请。

隔了两天,你约我出去转转。这儿没什么好转的,只有这条河,这条河的布满卵石、忽而宽阔忽而狭窄的河滩。

"你的申请我看了。"

"唔。"我轻轻地出了一声,期待着你的下文。

"说实话,我心里很难过。我不知道我们的军队为什么使你厌烦。"

"这儿的生活单调、枯燥，这儿的人野蛮、粗鲁、不通人性，这里的清规戒律太多，处处限制人的自由，这里英雄无用武之地。"

"小倪，你这些看法有一定的合理性，但未免太偏激。我认为，这里的生活安静，有条不紊；这里的人千姿百态，各有独特个性；这里的纪律严明，说明军队与地方的区别；这里大有英雄用武之地，当你一投入工作，就会感到知识贫乏。你知道不？去年华罗庚教授来参观我们的研究成果，连他都认为我们这个领域了不起，需要世界第一流的数学家为之绞脑汁。贾钢铁是个很好的同志，他的管理方法有点简单粗暴，我已经批评了他。"

"不管你怎么说，我还是要求转业，不批准转业，让我复员也可以，反正我不想在这里干。"

"小倪，你真想走，部队也留不住，不过，我希望你再等等，认真考虑之后再作决定。我想，你总是能够从这里发现一些美的东西的。"

"好吧。"我无可奈何地回答。

在你的干预下，对我们这些大学生的军训时间缩短了一半。为这事，区队长贾钢铁很不高兴，说你偏爱大学生。据说你微微一笑,解释道:"一个真正的军人,不在于他是否能走标准的正步,也不在于他能否将手榴弹摔出五十米远。军人气质在新的时代应有新的表现。尤其是我们这种单位,尤其是这些大学生,他们的武器是铅笔、计算尺,是富有逻辑的思维和联翩的想象,不是刺刀、手榴弹。"

"那你说,刺刀、手榴弹就没用了?你把我们这样的全赶回家种地好了。"贾钢铁发怒了。

"你有你的作用。"

八月中秋节,是我的二十五岁"大寿",我决定好好庆祝一番。晚上熄灯后,我派去监听贾钢铁的那个男同学听到了打雷般的鼾声,便在走廊里轻轻地拍了三下巴掌。我们十几个"异端"分子,像做贼一样溜到了河边。河边有一块平坦的草地,是天然的舞场。那晚上月亮真好啊,天地之间一片澄澈,野菊花吐着浓郁的药香,河水像一汪流泻的水银。"小面包"的手风琴奏出了轻松亲切的圆舞曲,我们十几个人成双成对地跳起舞来。

"停下来,先生们!"钢铁区队长到了。

"先生们,你们真是些英雄!三令五申不准跳舞,你们全当耳旁风,深更半夜地跳上了。还有没有组织纪律观念?纯粹是吃饱了撑的你们!你们,谁是发起人?嗯?"

大家都以沉默相对。

"倪亚非,谁发起的这场狗拉秧子舞会?"

"我。"我平静地说。

"我就知道是你,你的本事多大呀,你能去告我的状,还能缩短军训时间。"

"队长大老爷,你懂得什么叫生活吗?"我反唇相讥,"八十年代了,思想解放一点嘛,地方上什么舞都跳,我们跳个一般的舞也值得你大惊小怪?要像地方上那样,你非去跳河不可。"

"倪亚非,你要是敢把那些资产阶级臭玩意儿端出来,我姓贾的豁上蹲监狱也要踹你二十脚。"

"小面包"笑起来。

"严肃点!"

"得了吧,队长阁下!别这么一本正经地丢丑了,你要是去读几年大学,你要是搞通了'齐次可列马尔代夫方程',搞通了'高斯型积分公式和直交多项式',就不会对我们粗暴干涉了。"我不冷不热地说。

"少跟我来这一套,什么'马牛告示'的,我不懂,我就知道军队不许开舞会,军人不许跳舞,不许跳舞!"

"那我是对牛弹琴啰。"

"你——混蛋!"贾钢铁像头发怒的狮子一样咆哮起来。

"你才是真正的混蛋,昏头昏脑,像头蠢猪!"我骂了他。

"好,好,我管不了你们,我不管了……"贾钢铁嗓子哑哑地说着,扭头就走了。

后来你来了,贾钢铁半夜三更敲开了你的门。一见到你,我就说:"部队长,请你立即批准我转业或者复员。否则,休怪本人不辞而别,这样的苦行僧生活我一天也过不下去了。"

你说:"皎洁的月光,圣洁的河水,美好的夜景。"

嘀,我这里满肚子怨气,你倒吟起诗来了。我们两人,也不知是谁发了神经病。

"小胖子,拉起手风琴,来段'华尔兹',会吗?"你竟说出这样的话!真不知是谁发了神经病,咱俩。

"会!""小面包"欢快地答应着。

在典雅优美,富丽堂皇的旋律中,你来到我面前,用一个极其漂亮潇洒的邀舞姿势把我满肚子的火浇熄了。我跟着你跳起来。你的舞步流畅、标准、风度翩翩，宛若行云流水。想不到啊，想不到你还有这样一手。我的同学们都看呆了。

"部队长，看来你不反对军人跳舞。"我问。

"一般地说，我不反对。年轻时我也是舞迷。五十年代兴跳舞那阵，每到星期六下午，我都没心思工作，一心想着晚上的舞会。后来，连出了几次事故，受了通报批评，才治好了'舞癖'。"

"你承认不承认跳舞是一项融音乐、体育、友谊于一体的有益身心的活动？"

"在一定限度内的健康有益的舞会的确可以这样理解。"

"那为什么部队要禁止跳舞？"

"因为任何事情都有正反两个方面，跳舞也一样。今晚的舞会从我们的角度看，确实是愉快的、健康的，可是你看——"

我顺着他的手指，看看营区那一片楼房。原先那些熄了灯的窗口，现在又灯火通明了。

"如果我们在不影响别人休息的情况下跳舞呢？"

"青年时期是感情与理智最容易失去平衡的时期，而舞会在某种意义上就为理智的丧失和情感的泛滥提供了机会。"

"那么,您说,当兵的就应该禁锢自己的感情,像中世纪的僧侣一样,不敢去追求感官的幸福和愉悦了吗?"

"我们不是苦行僧。但我认为,能够克制欲念的人,能够牺牲个人的某些自由而换来整体的自由,是一种高尚的牺牲,是更高意义上的自由。"

我还能说什么呢?

在你这样最少公式化,最少虚伪气息的领导手下工作,是一种幸福。为了你的优美的"华尔兹",我也决计当两年兵,也不枉你一番苦心。

去年年底,调整领导班子,你超过年龄,失去了进入基地新班子的资格,高一级领导班子没进去,你只好退休了。我们为你不平。听说这是那个大小姐王三石她爸爸搞的鬼,真卑鄙!不久,基地为完成一项特殊任务,要组织"831"小分队。你毛遂自荐,带队前往。我也说不清出于一种什么心理,毅然放弃了去国防科大进修的机会,报名参加了小分队。谢谢你,你选上了我。这六个月的风餐露宿,使我大开了眼界。我竟然成了有功之臣,一个一入伍就想退伍的"香港小姐"。当总部首长亲手将二等功证章戴到我胸脯上时,我已经满脸泪水了……

整理你的遗物时,我翻阅了你的相册,我认识了你的妻子、儿子、女儿,认识了风华正茂的北京大学学生的你,认识了刚毅沉静的列宁格勒军事学院进修生的你……你的一绺头发在头顶上桀骜不驯地耸起,像雄鸡头上的冠子,我怎么也没法把那撮鸡冠子似的美发与一个光秃秃的脑门联系在一起……

呵,风沙,风沙!呵,河水,河水!只有在风浪里才能想到河水的美……

这雨还是下个不停,这雨中的河,你为什么这样安静、肃穆,你不能掀起一阵大波浪吗?像大戈壁里的风沙一样肆虐咆哮?

五

还是总部那个老将军,他大口吸着香烟,翻开了一个红皮工作手册。

密级:绝密

姓名:田夫

启用时间：一九八二年十月

工作手册使用规定：

1. 本册由保密室统一编号，用后由保密室统一处理，各使用人必须慎重保管，不得遗失。

2. 凡与工作有联系的资料、情况，一律记入本册，使用时不得挖补，撕毁，保证完整无缺。

3. 调动工作时交回保密室，不得私自带走或转借他人。

×月×日

……看来我是老了，尽管我不服输，尽管我觉得还有敏捷的思维能力。退下来了，干点什么？养养花草、金鱼，甚至养只波斯猫？进休干所？到河边去钓鱼？这种生活对我没有丝毫诱惑力。我一个孤老头子，一个被"命运"的浪头颠簸得精疲力竭的人，只有工作着，只有和无数的蜂鸣般的信号和连绵不断的数字打着交道的时候，这颗心才会感到充实。我本不是当官的料，退下来更好，当个一般的研究员，会更舒心一些。

"831"小分队要成立，我是否再挂一次"帅"？这一辈子我已当过四次小分队队长了，每一次都立功，每一次都累得我半死不活。如果这次还去，那就是第五次了。"五"是个吉祥的数字还是个倒霉的数字？好吧，让我也算一卦。我闭着眼睛来指书上的一个字，指着五划以上的我就申请"挂帅出征"，指着五划以下的（含五划）我就不申请……

简直是莫名其妙，适才这一卦算的。我指到了一个"！"，去还是不去，上帝没有启示。我就是我的上帝。要坚决，果断，干什么都要像"！"！

×月×日

"831"小分队成立了。他们拗不过我，我第五次"挂帅出征"。小分队共有队员二十五人，分信息、研究、后勤三个组。信息组里我特意选上了小"尼姑"柳茸茸，研究组里有"香港姑娘"倪亚非，还有刚刚记了一大过的王三石，我必须挽救她，嘻，这个被王副部长那个老混蛋惯坏了的丫头。后勤组长是贾钢铁，这小伙子好像还对我有意见。他曾经写信给总部，告过我一状，说我偏袒大学生，破坏部队条令。这小伙子，真是有意思极了。虽然现在普遍强调干部知识化，但像贾钢铁这种文化程度低，但富有实干精神的人，是永远会有，也永远需要的。

明天就要出发,不写了。透过窗户,可以看到河水。这条河,真美啊!来到这一年后,偶尔翻地图,我才恍然明白,它就是柳条河的上游。在它的下游——柳条河畔细软金黄的沙滩上,我第一次吻了她。那是一九五四年的暑假,我们结伴去郊游。那时我们正年轻,我们赤着脚在沙滩上走来走去,畅谈着理想、憧憬,没结婚就开始给未来的孩子起名字……

×月×日

飞机刚从乌市起飞。绕着机场盘旋两圈,向南飞去。闪光的街道,新建的整齐楼房,尖顶的伊斯兰教堂,很快就被甩在后边。现在舷窗下是碧绿的牧场。我不由得想起了一九六七年那次南疆之行。那次是坐着汽车翻天山。冰大坂海拔五千一百米,道路滑得像溜冰场,汽车轮子挂着链,还是刹不住闸。坐那种车简直像捋虎须。选择工作点的时候,我还去过罗布泊,在一个古城堡里睡过一夜,还拣到两枚"开元通宝"哩。这两枚古钱一枚给了儿子,一枚给了女儿,他们稀罕得不行。罗布泊附近有个风口,那里的风比西藏"蝎虎"多了,刮得汽车都开不动,扬起的沙石把车窗玻璃打得一脸麻子坑。工作点选取在沙漠里,四顾茫茫,全是沙。

盛夏时,沙窝里能烫熟鸡蛋,人待在帐篷里,像焖在锅里的红虾子……

现在,机翼下是巍峨的天山。冰雪的大坂在散着万道霞光。那次一过天山,我的小女儿就喘得脸色青紫了。儿子傍在我身边,像一只惊恐的小野兔。满车的旅客都为我焦急,他们纷纷拿出点心、水果递到我的面前。一个男子汉带着两个孩子长途旅行,本来就给人一种凄楚之感,何况我的女儿还生命垂危……

该到那个小县城了吧?几年来,这儿的医疗条件该有改善了吧?那间落满沙尘的门诊室该修缮一新了吧?此次进疆,勾起我多少回忆,我真想把满眼的泪水流出来,可是,小"尼姑"就坐在我的身边,我不能把男人的软弱随便暴露给女人看,我不能让她触景生情……

"831"行动,"831"行动,"831"……

×月×日

感谢军区的同志,已经为我们搭起了十几间简易住房。油机、机器设备也按时运到了。这个点还不错。信号条件好,离水源也不远,十里之外有一条小河。幸亏军区的同志想得周到,给我们弄来了五头骆驼和十几只大羊皮口袋。赶骆驼运水的任务就交给贾钢铁了。他跟我吵了一阵，说我是马谡，不是近水扎寨而是远水扎寨。我何尝不想把点选在近水处呢，钢铁同志，我只能告诉你一句话：远水扎寨也是工作需要。明天正式开机，争取尽快揪住狐狸尾巴，积累信息材料，从中寻找漏洞、矛盾。呵，这团难理的乱麻线。不过，我充满了信心，我相信我们新锻造的利刃……

×月×日

连日大风，昨日方停。信息组大有收获。小柳十四个小时未下机，累晕了过去，好样的。

就看研究组了。

×月×日

一分钟一分钟，一小时一小时，一日一日过去了。我们还困在迷宫里找不到出路。我们绞尽脑汁寻找字母之间能导致正确结果的某些关系，尽量不使自己陷入自相矛盾的境地。

这一个月来，我们分析人员像在沉沉黑夜中摸索，时而，一线微光闪过夜空，照亮一下路径来逗弄我们，等我们抱着希望猛冲过去，只是发现自己又进入另一个迷宫。但我们认识到黑夜过后白昼必然到来，便鼓起正在衰减的勇气,向着早晨太阳就要出来的地方走去。

"最尖端的东西往往是最简单的东西。"倪亚非这样说。

像一道闪电划开暗夜,我猛然间像看到了那个朝思暮想的东西的轮廓……

×月×日

初战告捷,我们终于通过了阴暗朦胧的地段,看到了黎明的熹光。

小倪这姑娘确实聪明过人,她具有举一反三的理解力和四通八达的思路,这是一个优秀分析员的最可贵的素质。她不愧是名牌大学的高才生,这样的宝贝,我宁愿特准她跳舞,也不愿放她走。这些天来,她憔悴多了,脸上脱了一层层皮,但她的情绪很高。事业上的成功,可以给一个真正的人带来最大的幸福,带来克服困难的勇气和战胜痛苦的力量。

昨天,我问她:"小倪,这里比上海怎么样?"

"比上海艰苦,但比上海美。"

这鬼丫头!要是我的儿子活着,她也许会成为我的儿媳妇;要是我的女儿活着,她也许会成为一个和小倪一样优秀的情报工作者……

×月×日

……我这颗疲惫不堪的心是这样不平静。一个年近花甲的老头子,一个像一辆"吱嘎"响的破马车一样的老鳏夫,竟能被一个姑娘爱上,真令我惶恐不安。

连续几天来,工作进展顺利,全队情绪高涨。小柳,我怎么也想象不到,你会对我产生这样一种感情。要知道,我一直是把你当作女儿看待的呀。可是,你竟然那样果断地说:"老田,我爱你。"

当时我像一只被打懵的鹅,呆头呆脑,半天才说:"你胡说了些什么!"

"我爱你,"你说,"我们都是被命运折磨够了的人,我要打破世俗的偏见和你结合。"

"小柳,我是你的长辈,是你的首长,"我气急败坏地说,"你简直像发神经。"

"在爱情面前,没有年龄和首长。"你扑过来,把你年轻的身体靠近我,一刹那间,我的男人的热血也沸腾了,"部队长,老田,你需要安慰,我也需要安慰,你只比我大二十多岁,随着岁月的流逝,这种界限会缩小,当你八十岁时,我也六十多岁,也就是个老太婆了……"

我终于退缩一步,像是在你痉挛的手上猛击一掌:

"清醒一下吧，柳茸茸同志！要是你再这样说梦话，我就处分你。"

"冰冷，冰一样的冷！"你掩着脸跑了。

难道我真应该和她……不，这简直是犯罪，只要动动这个念头，都是对道德的亵渎。如果我年轻力壮，也许……

小柳，好姑娘，你的问题我不是没考虑。你看到那个赶着骆驼像骆驼一样默默无闻地支撑着小分队半壁江山的贾钢铁了吗？眼下信息组工作已处于第二位，你这种精神状态也很难上机，从下周开始，让你跟贾钢铁一起去赶骆驼。我要告诉你，钢铁是对你有意的，我注意过他的眼睛，他的眼睛经常偷偷地看你那张苍白、秀丽的脸……

啊，我的心脏，你不要这样急一阵慢一阵地折腾，你是我的"油机"，你可不能在我的"831"工程结束前熄火啊！

我怎么又突然想起了那条河呢？那片金色的沙滩，滩上的赤脚追逐和河水中的嬉戏……三十年的光阴，短暂得如河边那条通向柳林的小路，漫长得也如那条通向柳林的小路……

六

……那天,同志们把你从外边抬回来,你躺床上,仿佛在平静地睡眠。柳茸茸、倪亚非已经泣不成声,贾钢铁这个钢铁汉子也像孩子般号啕大哭了。我哭不出来,我感到有一只大手攥住了我的心。你的双眼半开半合,你那散了神的目光仿佛在冷冷地盯着我。你为什么盯着我!你是在期待、谴责、愤恨我吗?我不知道,我不知道……我双手掩面,冲出了屋子,在漫漫沙原上狂奔,一道沙丘挡住了我,我发疯一般地冲上去,细软的黄沙陷没了我的脚,我困难地、气喘吁吁地冲到沙丘顶上,一下扑倒在地,放声大哭起来。我不知道自己在哭什么,是哭你的牺牲还是哭我的过去?老田头,说实话,咱俩曾是冤家对头,我们之间闹过那么多的不愉快。我感到心里郁结着一种极其复杂的情绪,是的,极其复杂……

我摇摇晃晃地站起来,我站在这个几十米高的沙丘上,站在这个大自然的杰作上。脚下的沙丘平缓舒展,边缘清晰,状如一钩美妙的新月。西垂的落日洒下的金色光芒把沙丘映照得确如半轮金月熠熠生辉。无风的沙漠真如月球般寂静。落日又大又圆，渐渐变得血一样鲜红。我低下头，蓦然看到我留在沙丘上的那行脚印。它从远处歪歪斜斜地延伸过来，那样醒目地摆在这庄严神圣的沙丘之上，显得丑陋不堪，面目可憎，它破坏了这浑然一体的美。我不是什么哲学家，在大学里学哲学公共课时纯粹是为了应付考试，囫囵吞枣，食而不知其味。可是，这时我竟然也如一个哲人般触目惊心了。我倏地转过身，连绵不绝的新月形沙丘链从无垠的荒漠上巨浪般奔涌而来，我的耳边仿佛响起了这金色浪潮的汹涌澎湃之声。到处都在熔金烁彩，天上横亘着一条紫色的长云。这里竟是万籁无声，这里寂静得像月球。这里有一个忠心耿耿的老战士倒下去了，他的死不瞑目的眼睛里射出物质般的光芒，这光芒是那么尖，那么深，那么丰富蕴藉，奥妙无穷，令人心灵震颤不止……

"七〇五"基地新从地方招来的这批大学生，简直是个花花世界，无奇不有。有想当尼姑的，有跳狗拉秧子舞的，还有一个芳名王三石的高干子女，我的天，这更是个好宝贝。她人长得就那么回事，不能算丑也绝对不能算俊。可她那点派头，那股劲儿，把大上海来的倪亚非也给盖了。王三石一到"七〇五"，总机班的姑娘们算是倒了霉。她每天至少打十个电话，她要电话对方的单位、职务都让人感到吃惊、害怕。"总机,给我接××部长办公室""给我接中央办公厅""接东方歌舞团",甚至,"总机,给我要中国驻美国大使馆"……总机班的姑娘们先是战战兢兢、汗不敢出、手忙脚乱地给这位大小姐挂电话,时间一长,也就不尿这一壶了。"给我要军区……"话音未断,那边就冷冰冰地说:"占线。""占多长时间?""难说,慢慢等吧,您哪!"话务员这种消极反抗战术终于激怒了王三石,在电话里,双方展开了一场舌战。"怎么老占线?""它就老占线。""我有急事!""占线。""我要总部干部部。""占线。""你是多少号?""12345。""你,你发昏!""我是你妈妈!"嘿,好勇敢的话务员。

据说王三石爸爸是总部干部部的副部长哩,据说王三石在大学里就是大名赫赫的现代派领袖,是"男性雌化、女性雄化"的积极倡导者,正经八百的是个人物呢!

入伍不到三个月,她就被一个电话召回去,老田夫满肚子不高兴,跟基地政委发了半天脾气。政委说,算了,老田,让她回去吧,王副部长那人,嘿嘿。政委不自然地咳嗽起来。田夫站起来,把铅笔重重地戳在桌子上。

王三石净开国际玩笑。她跑回北京浪游了一个月，回来时不知从哪所大学里带回来一个大鼻子黄头发的外国留学生。"七〇五"是军事要地，三道岗哨，戒备森严，王三石竟能把一个外国人带进来，真是神通广大。

　　那次回北京，是我实在忍受不了部队生活的枯燥乏味，想法给爸爸的秘书挂了个电话，让他假传将令，就说我妈妈病重——反正不是我真正的妈妈，老头子早就把我亲妈妈给甩了，给我找了个小嫩妈，所以老头子不敢管我，所以我可以在家里横行霸道。回到北京，找上我那伙哥们、姐妹们，骑上摩托车天天"暴走"，抽烟、喝酒、看录像，玩了个天昏地暗。我从小有个坏毛病，干什么都是三分钟的热血，玩什么都是三分钟的热乎劲，能够勉勉强强地从外国语学院毕了业，也全靠着老头子的面子。毕业分配前夕，我突然心血来潮，觉得当个女"八路"挺有意思，听老头说马上要恢复军衔，到时咱也神气神气，反正干够了我就回北京。
　　回部队前，老"姐妹"白豆豆把乔治介绍给我。这小子真好玩，两只眼睛蓝汪汪的，像我那只玩具熊猫一样。听说他老子是剑桥大学一个学院的院长，拉上他，等我当够了兵,就托他的面子出国去留学。

进大门时,那个小四川兵还一本正经地要看证件,我把自己的证件一亮,指指乔治,说:"这是外国专家。"唬得那个小四川兵眼睛都直了,啪一个立正。我憋不住地笑。用同样方式我们进了二道门,三道门。这些傻大兵,真可爱。乔治这家伙,我也不知他打得什么主意,听说我是总部"七〇五"基地的女军官,兴趣就那么大,他非要我带他来玩玩不可。这小子,出手就大方,送我一只半两重的金戒指,一只半两重的金发卡,黄灿灿、沉甸甸,让人爱不释手。我知道这事儿有点不大妥当,转念一想,又觉得没什么,交个朋友嘛,这是我的自由。

我把乔治安排在招待所,这小子,天生不安分,提着架照相机到处转,当场就被抓住,这下算捅了马蜂窝。乔治,你真他妈的不够朋友,你害得我蹲了一个星期"禁闭"。

王三石带回一个洋鬼子的事在"七〇五"基地引起轩然大波,大院里议论纷纷,骂声不绝。部队长田夫直接找到乔治,跟他叽里咕噜讲了半天洋文,乔治的小脸焦黄,汗珠子直冒。当天晚上,北京开来两辆小车,把乔治拉走了。

田夫把王三石叫到办公室，枪口一样的眼睛直瞄了她两分钟，把王三石剌得心里发虚，双腿发软，身体仿佛一截截变矮。

"败类！"

"你、你骂人？"

"我恨不得揍你一顿！"

"有什么大不了的事，不就是带了个朋友来玩玩嘛。你少来吓唬我，我爸爸是干部部副部长，我在上大学时经常带外国同学回家跳舞，我爸爸也没像你这样大惊小怪。"

"你爸爸是个老混蛋！"

老田夫，你也真敢干，你不但敢痛骂我的爸爸，你的间接顶头上司，你还敢在废除关禁闭制度多年之后，关了我的禁闭。你让贾钢铁带着四个战士轮流看着我。"禁闭室"里比我们的宿舍还干净，被褥床单都雪白雪白，屋里摆一张桌子，桌上放着一摞白纸一支笔。你让我写出这次回北京的详细经过，写与乔治的交往过程，连一个细节也不要漏掉。我起初还想以绝食来表示抗议，可是只饿了两顿饭，肚子里就咕噜咕噜地提意见。

晚饭你亲自给我端来了一盘羊肉包子,我突然想起了某个电影里的情节,"厚颜无耻"地说:"不吃白不吃!"便狼吞虎咽般地把一盘包子消灭掉了,不过我没有摔盘子。吃过饭,我掏出手绢擦擦嘴,我俨然觉得自己是个英雄了,满不在乎地坐在你对面。你坐在那儿默默地抽烟,团团烟雾笼罩着你的脸。我说:"给我支烟抽……"我感到房子里气氛压抑得很,这句本来应该是颇为"雄化"的话竟说得窝窝囊囊。一时间,你面部表情十分复杂。你扔掉半截烟头,又把那盒刚开包的烟攥成一团,从窗户扔出去。"让我们一起来戒掉这个恶习吧!"你看了我一眼,一字一顿地说,"王三石同志,你知道乔治是个什么人吗?"

"他是外国留学生呀!"

"好一个留学生!他是个间谍,当然,是个蠢货。他也只能骗骗你这样的人。"他把一张电话记录纸递给我,抽身就走了。

手拿着薄薄的白纸,我吓得浑身哆嗦。天哪,白豆豆这个王八蛋,还说乔治是什么院长的儿子,是什么留学生,真玄哪!

我出了"禁闭室",你要给我行政记大过处分,入伍几个月,就背上个处分,就在档案里添上不光彩的一笔，这怎么行。而且，而且我也不知道乔治是间谍，不知者不怪罪嘛，你凭什么处分我！看来，只有求助于爸爸。我给爸爸写了一封信。我不敢打电话了，那些该死的话务员都能听出我的声音，只要我一打电话就占线。我的话对我爸爸像圣旨一样灵。爸爸接到我的信，当天就给"七〇五"基地的直接领导机关的头头去了电话。这个头头给田夫来了电话，婉转地表达了我父亲的意思。后来我听说，老田夫暴跳如雷，他在电话里破口大骂，对着那个头头吼："请你转告王某人，要不是因为王三石无知，她的问题是应该到军事法院去解决的。还请你问问他，一个共产党员该不该打这种电话。"后来，那位头头用十分婉转的语言把老田的意见转告我爸爸，老头子气得血压陡然升高，差点昏倒在地。

你真是个老怪物，老田夫！你就不怕得罪了我爸爸吗？你不知道我爸爸是干部部副部长吗？你不知道正在进行班子调整，而你只有再往上登一个台阶才不会超龄吗？

我被记了大过。在"七〇五"基地我已是臭名昭著，人们都用异样的目光打量着我，仿佛我是一个三头六臂的怪物。在"七〇五"我实在待不下去了，只好再给爸爸写信。老田夫，你已经处分了我，该满足了，你行行好，放了我的生吧。可是，你这个老东西，真是心如铁石，你把我爸爸千方百计为我搞来的调令撕得粉碎。

你找到我，怒气冲冲地说："王三石，你不是提倡'女性雄化'吗？那么，请你拿出点男子汉大丈夫的勇气来，哪里摔倒的，就在哪里爬起来。这样灰溜溜地走了，可耻又可鄙！"

我说："不走就不走，只要我真想干，不比任何人差！"

"好！一言为定。"你说。

不久，班子调整开始了。你已超过师职的年龄，摆在你面前的有两条路，一是升迁，二是离休。那些日子里，风传你要进京当部长了，可不知怎么搞的，你被刷了下来。有好些人背地里议论，说是我爸爸从中出了力，人们都鄙视我。部队长，我以我的人格保证，这事我确实不知道，至于我爸爸怎么干，那是他的事。我找到你，费力地向你解释，你大笑起来。你拍拍我的肩头，说："姑娘，你把我田夫看得太不值钱了。"

你挂帅"831"小分队，点名要我到研究组翻译资料。我那点"洋泾浜"在这里处处捉襟见肘，多亏了你啊，老田头。你的水平可以当我老师的老师，仅看外表，谁能知道你精通四门外语呢？小分队完成任务后，我也得了一枚金光闪闪的奖章，这个奖章和那个处分都是你"赐"给我的，它们是这样和谐又矛盾地并存着……

部队长，那天我站在沙丘上，想了很多很多，我想起爸爸、妈妈，想起了人生和社会，我想起了你站在柳条河边对月吟哦，你站在列宁格勒涅瓦河口眺望无际的海洋，我想我们的生活是一条闪光的河，你也是一条河，一条冲破崇山峻岭汇入博大的时代海洋的壮丽的河……

七

说句实在的，在去执行"831"任务之前，我认为你是个讨厌的老怪物，一个偏爱大学生，见了好看的姑娘就挪不动腿的老丑八怪。我向你反映柳茸茸在云台山给泥菩萨下跪的事——你也看到了，你要我别声张。嘿，我还以为你要咋处理呢，你瞅了个大星期天，领着她到那河边上，游山玩水，花花草草地转了一大圈，像一对酸货谈恋爱，回来时，那柳小姐连眼皮都哭肿了。当时我想，鬼知道你们干什么去了，你这个老光棍，大概又动了凡心了吧，要拐着个小"尼姑"唱"秋江"

哩。也别说,你这一出"秋江"还真管用,竟把个"尼姑"留住了。那个把月的军训里,女大学生里数柳茸茸能吃苦,队列动作最标准,汗水湿了头发,娇滴滴地喘着气,连我这颗生铁心也有点过意不去。后来,倪亚非又闹狗拉秧子舞会,我半夜三更敲开了你的门,原指望你去训她一顿,谁知你更给我玩了个俏的,竟拉着她跳起了"华里稀",百分之百的洋人派兴,洋人也没有你跳得利索……我告了你一状,告到总部,信发出去,肉包子打狗一去无回,我正准备往军委写信告你时,你被刷下来了,乌纱帽落了地。我看着你那些天老是在河边转圈,心里挺不是个滋味,我真怕你跳了河……

不久,由你牵头成立"831"小分队,你竟然指名要我来当后勤组长。算你找对了人,算你够意思,俺贾钢铁不懂得什么"马牛大夫方程",但枪法百步穿杨,投弹六十米,玩单杠、跳木马"七〇五"没人敢比。当兵八年,不知道出了多少公差勤务,拉粮,运煤,喂猪,种菜。走几个大学生"七〇五"乱不了套,走了我贾钢铁"七〇五"就少一匹拉车的骡子。苦力的干活,还要靠我们这些农民子弟,像王三石那样的,呸!不过,在处理王三石的问题上,你真是有骨气,大院里人人佩服。

"831"小分队是去执行总部指定的特殊任务，咱知道这事的重要性，既然你老田头信得过我，贾钢铁不会对不起你。我带着后勤组白日做饭，夜里站岗，但愿你和这些秀才们能捣鼓出个子丑寅卯，别枉吃了我的草料……

我原先认为你们这些整日蹲办公室的大学生们舒服得要命，这次跟着小分队执行任务，眼见着那些水灵灵的大学生一天天干巴，小白脸一天天黑，才知道你们辛苦大大的。你也真是个好样的，快六十的人了，没日没夜地熬，眼珠子红得像家兔，胡子挓挲着像刺猬。从言谈话语中，我知道这次"831"小分队玩了个"盖帽"的漂亮"球"，弄清了一个"迷魂阵"，要不总部就给我们记了个集体二等功，连我这个拉骆驼的也弄了个三等功呢！可惜，你这匹老骆驼倒在了沙漠里，两腿一伸就去了……我还想跟你说说告你状的事呢。部队长，你可真是个好老头儿，大家都这么说。刚才在追悼会上，总部首长说你三下西北，两进西藏，真正的高级知识分子，是我们部队的大功臣。小柳子——嗨，我和她好了，要是你人死魂不散，我们结婚就到河边来，我要往河里倒一瓶子五粮液，小柳子扔两斤奶糖，祭奠祭奠你……

那些天,离我们工作点十几里的那条小河忽然干出了底。油机没水玩不转,人没水没法活。你急得心如火烧,找到我,让我去找水。你说:"钢铁同志,我们的工作正是关键时刻,我们的朋友正在搞"E_2行动",如果这时油机停了,我们这趟大戈壁就算白来了,因此,必须尽快找到水源。"

我赶着骆驼就要出发,你拉住我,批评我莽撞。你说,要是像我这样盲目乱跑,渴死在沙漠里也找不回水来。你要我讲科学,还要我回基地向大学生尤其是向小柳子学习科学文化知识呢。你拿出一幅地图,地图上布满了蛛网一样的线条。你指指点点,告诉我,要我沿着干涸的河床往上走。你认为这条河是由扎尕山泉水形成的,沙漠里的河水经常改道,只要沿着河走,不愁找不到新河道。这么简单的事情,我怎么就想不到呢?怪不得小柳子老说我是榆木疙瘩脑袋,刀斧不进。

我拉着五匹骆驼,按着你指点的路线,沿着干河床往上走。正是春三月,内地早是花儿草儿的了,可是这里没有一点红绿,全是他妈的遮天盖地的风沙阵,我裹着皮大衣,猴在骆驼上,昏昏沉沉地朝前走。你真是有两下子,说的比算的还灵,第二天晚上,我就找到了改道的河。我把十个羊皮口袋灌满了水,赶上骆驼就往回走。前面有几个黑影在晃动，我想，碰到狼了，该我过枪瘾了，掏出手枪就干了俩家伙。近前一看，打死了一只黄羊。这真是打呵欠落到口里的肉丸子，天上掉肉。我把黄羊拴在骆驼背上，晃晃悠悠，半睡半醒，第三天中午就赶回了工作点。你像小孩子一样，不，你像抱小孩一样把我抱住了。你说："谢谢……钢铁同志……谢谢……"你这一通话把我弄得怪不好意思，嘿，这算什么呀，不就是骑着骆驼逛逛风景嘛。我卸下水就去扒黄羊皮，晚饭时就给大家端出了几大盆炖得烂乎乎的黄羊肉。同志们吃着、笑着，对我赞不绝口。小柳子文文静静地坐在桌子一边，用小勺子舀着肉汤"吸溜吸溜"地喝，她的眼睛一个劲地瞟我，我的心偷偷地乱跳，说不清是个啥滋味……

等下一次去驮水时，你竟让小柳子跟我一起去。我说："部队长，这赶骆驼的事怎么能让大学生干呢？你别来开我的国际玩笑。"你笑着说："小柳这几天没什么事，让她跟你出去见见世面。有黄羊再打回来两只，天天吃罐头，把胃口都吃倒了。"

嗨，去就去吧。这也就是小柳，咱从心里喜欢她。要是倪亚非，要是王三石，任你说得口吐莲花我也不带她去。倪亚非骂我昏头昏脑，像个蠢猪呢。

临出发前,你把我叫到一边,悄悄地问:"看过电影《冰山上的来客》吗?"

我说:"看过。"

"那么我送你一句话:'阿米尔,冲!'"

你把我说得丈二和尚摸不着头脑。老家伙,这么大年纪了,还是阴阳怪气的。

我们骑上骆驼出发了,驼铃叮叮咚咚地响,风呼呼地刮。初次跟女人一起在这荒凉的沙漠上赶路,要多别扭有多别扭。后来索性不管她,咧开嗓子唱起歌来。小柳催着骆驼赶上来,和我并着排走,我不好意思再唱了。她说:"你的嗓子真好。"扯淡!我从小吃地瓜,一副地瓜嗓子,她竟说好。我跟她东扯葫芦西扯瓢地聊起来。我对她说,小时候我特别能淘气,有一次上树掏喜鹊,掉下来把腿跌断了。她听了"咯咯"地笑。

我们到了河边装完水,已是夜里十点多钟。沙漠里静极了。我搜集了一些红柳枝子,点上了一堆火。喂完了骆驼,便跟她围在火边烤馒头吃。我说:"小柳,你学问多,帮我解释解释,今早晨部队长让我像阿米尔那样,冲!这是什么意思?"

小柳没回答,我看到泪水从她眼里流出来。我真是个傻瓜蛋!

半夜时分，我们骑上骆驼往回赶。不一会儿，突然刮起了东南风，骆驼开始焦躁不安起来，"啾啾"地怪叫着，蛇一样的长脖子扭来扭去，这些长毛鬼，犯了什么病？我还勉强能拉住胯下的骆驼，小柳可就不行了。她骑的那匹公驼向着东南方向狂奔起来，小柳吓得尖声哭叫。公驼一带头整个驼群都"稀里胡隆"地跑起来。夜色迷迷糊糊，借着星星，我紧紧盯着小柳。终于，她被颠了下来，我也一翻身滚下来。骆驼，跑你娘的去吧！

我扶起小柳，紧紧地攥住她的小手，问她摔坏了没有。她摇摇头说："没事。"没事就好。骆驼跑得没了影，骆驼驮着羊皮袋，羊皮袋里装着水，水是小分队的命根子。阿米尔，冲！跟踪追寻。我们深一脚浅一脚地走了，沿途发现了几个颠下来的羊皮水袋。骆驼顶着风跑，真他妈的稀奇怪事。我倒要看看这些畜生能跑到哪儿去，难道还能跑到东海里去喝海水？

黎明时分，小柳一下歪倒在沙里，她走不动了。真也难为她，跟着我跑了半夜。我脱掉大衣，背起她就走。她死死往下挣扎着，说："放下我，快去追骆驼。"我说："当心让狼吃了你。""你太小瞧人了。""不，说什么我也不能扔下你，要死咱死到一块。""傻话，那么容易就死了?你找不来骆驼,运不回水,咱们的'831'行动就完了。"我犹豫了半天,掏出手枪递给她,把皮大衣扔给她,把水壶、干粮袋放在她脚下。她留下手枪、大衣,把水壶和干粮袋又挂在我身上。我眼里热辣辣的,转身就跑起来……

半上午光景,我的眼前突然出现了一个银光闪闪的世界,我怕是遇到了仙境,使劲揉揉眼睛,没错,眼前一片亮晶晶。我们那五匹骆驼,都在前边趴着呢!老天,这是一个盐海,沙漠里的盐海。骆驼是来吃盐的,它们的鼻子真灵。这可真是长了常识。

我拉着骆驼向回走。很快就找到了小柳子,她背着手枪,一瘸一拐地扑过来。"这些家伙,是跑来吃盐的,前边有个盐海。"我兴高采烈地对她说,她抱着骆驼脖子,又流开了眼泪,女人,就是会哭。

我们赶回了工作点,本来是准备向你报告一下这次奇特的经历的,哪想到……

你看到我们误了归期,亲自带人去找我们,你刚刚下了夜班,几天没怎么睡觉。走着走着,你一头栽在沙土里……

我紧紧抓住吴军医的胳膊,使劲晃着:"你说,他是怎么死的?他是什么病?"

吴军医垂着头，低沉地说："……他太累了……"

小柳子"哇"地放了悲声："部队长，我对不起你……"

你累了，老头子，你这一辈子，真是够意思……

八

……雨骤然大起来，河面上像有无数子弹在扫射，水星四溅。一片片的灰云从山后飘过来，低低地罩住河面。在河的前方，灰云与河水连接在一起，筑起了一道云雾高墙。风也大起来了，沿着河谷掠过，河边上的蓬草匍匐下身子，野鸭挤在一起，惊恐不安地"呷呷"乱叫。

小船在风雨中颠簸起来。四个年轻人面色灰白，浑身透湿。

"部队长，我们按您的愿望做了……"

贾钢铁揭开红旗，捧起方匣，把田夫遗体化成的……轻轻地撒在雨中的河里。

"小倪……钢铁和小柳……是很好的一对……请你转告……祝他们幸福……白头偕老……河……水……沙滩……柳林……

"亲爱的同志们,我真舍不得你们……蝙蝠在飞,其余都是老鼠……

"啊……就是这条河,就是这片柳林。我第一次亲吻你了,你激动得像一只小鸽子一样咕咕叫。一转眼三十多年了……我想将来有一天,一定从我们生活的源头去寻找,找我们遗失的东西……我们什么也没遗失,最宝贵的东西始终珍藏在心灵深处……"

小船还是那样缓缓飘动,终于飘进了那道云雾筑成的高墙。那只已经被落在很远处的高脚鹭鸶长唳一声,缩着脖子飞腾起来,沿着河的上空箭一般往下游飞行。一会儿,它盘旋着又降落在滩边的浅水里。鹭鸶看到河中的小船正在掉头,船上四个年轻人在奋力摇橹划桨,逆水上行。船头激起很大的水花,船后留下很宽的浪迹,水声哗哗响。太阳从云中钻出来,河上一片辉煌,偶尔有一些泪珠般的雨点落下来,雨点落水时发出的窸窣之声,被划船的桨声完全淹没了……

(一九八四年)

图书在版编目(CIP)数据

爆炸/莫言著.—杭州:浙江文艺出版社,2020.5
(2024.8重印)
ISBN 978-7-5339-5938-8

Ⅰ.①爆… Ⅱ.①莫… Ⅲ.①中篇小说-小说集-中国-当代 Ⅳ.①I247.5

中国版本图书馆 CIP 数据核字(2019)第 291263 号

策划统筹　曹元勇
责任编辑　王丽荣
封面设计　人马艺术设计·储平
责任印制　吴春娟

爆炸
莫言　著

出版　浙江文艺出版社
地址　杭州市环城北路 177 号　邮编:310003
网址　www.zjwycbs.cn
经销　浙江省新华书店集团有限公司
印刷　上海中华商务联合印刷有限公司
开本　787 毫米×1092 毫米　1/32
字数　140 千字
印张　8.5
插页　4
版次　2020 年 5 月第 1 版
印次　2024 年 8 月第 3 次印刷
书号　ISBN 978-7-5339-5938-8
定价　46.00 元

版权所有　侵权必究
(如有印、装质量问题,请寄承印单位调换)